クセモノ紳士と偽物令嬢

Sarasa & Tsubaki

月城うさぎ

Usagi Tsukishiro

EB

エタニティ文庫

目次

クセモノ紳士と偽物(にせもの)令嬢

第一章

私の人生は波乱(ドラマ)で満ちている——

「お姉ちゃん、今までありがとう」

美しいウエディングドレス姿の花嫁が、私に向けて涙ながらに手紙を読み上げた。

両親を早くに亡くし、姉妹二人で支え合って今まで生きてきたのだ。披露宴の出席者たちが、ハンカチで目もとをおさえているのが見える。

とても感動のシーン。しかし……私と、目の前にいる彼女は、実際は赤の他人である。

やはり女は生まれながらに女優だな、という感想を内心抱きつつ、慈愛に満ちた笑みを彼女に向けた。

花染更紗(はなぞめさらさ)、二十七歳。職業、人材派遣会社勤務の女優。

誰かの日常に入り込み、依頼通りに望まれた役を演じきること。それが私の仕事だ。

今回の依頼は、結婚式で新婦の姉を演じることだった。両親と死別し、姉妹二人で生きてきたという設定を演じてほしいと言われたのだが、実際新婦の家族は生きている。

ただ色々あって絶縁状態だそうで、その内情を相手の家族に知られたくないための策だそうだ。

姉役の私はキャリアウーマンで仕事が忙しいため、この先めったに顔を合わせることもない——という設定だ。その後のことは依頼人がなんとかするだろう。

式の終わりまできっちり姉役を演じきり、祝福ムードの中、私はそっとホテルを後にした。

「隣町の駅までお願いします」

乗り込んだタクシーから任務完了のメールを送る。

駅に到着したので電車に乗り、そのままオフィスへ戻った。

「ただいま戻りました」

「更紗ちゃん、お疲れ様。どうだった？　結婚式は」

「はい、問題なく終わりましたよ」

オフィスで迎えてくれたのは、私の義理の姉である千歳（ちとせ）さん。この会社の経理を務めている。

「お帰り更紗」

そしてオフィスの奥の席に座っているのが、この会社の社長、花染若竹（わかたけ）、三十五歳。

私の母の再婚相手の連れ子で、つまり私と彼は義理の兄妹だ。彼は千歳さんの夫でもある。

「依頼は無事に果たせたか?」

「もちろん。クライアントの要望通りに演じてきましたよ。報告書を作成しておきますね」

コートを脱いで、アップにまとめている髪をほどく。隣で千歳さんが「せっかく綺麗にまとめたのにもったいない」と言っているが、私は依頼人の姉の姿からいち早く更紗に戻りたい。

「着替えたらちょっと来い。新しい依頼だ」

「はーい」

デスク前に座ったまま、義兄がなにかの書類をひらりと見せた。私は事務所奥の控室へ行き、私服に着替える。

母が再婚したのは、私が十八歳のときだ。

実の父は私が幼い頃に病気で他界。それから母は、女手一つで私を育ててくれた。その母が再婚したいと相談してきたので、私は即、賛成した。頑張ってきた母には、幸せになってほしいと心から思ったのだ。

再婚時、私はちょうど大学に入学したばかりで、八歳違いの義兄は当時二十六歳。勤めていた会社を辞めて、一風変わったこの人材派遣会社を設立したところだった。

再婚後、両親は海外へ移り住み、私は一人暮らしをスタート。

義兄とも離れて暮らしていたので、お互い距離感がわからず、あまり兄妹として接してこなかった。ところが、私は大学卒業後に、この会社へ入社することとなる。そこには、私のちょっと変わった経歴が関係していた。

鏡を見ながらつけまつ毛をはがし、メイクを落とす。パパッと薄化粧をし直した顔は、先ほどまで結婚式で涙を浮かべていた、ちょっと派手目の人物とはまるで別人。どこにでもいる十人並な顔立ちの女性だ。

「相変わらず化粧詐欺（さぎ）だわ」

化粧映（ば）えするこの顔は、がっつりメイクをするとたちまち別人になれる。

この仕事をするには、平凡な私の顔は欠点ではなく、長所だ。

シンプルなジーンズとカットソーに着替え、義兄のもとへ向かう。

「お待たせしました」

義兄のデスク前に着くと、一枚の依頼書を手渡された。ざっと目を通す。

「久遠寺（くおんじ）グループの御曹司（おんぞうし）直々（じきじき）の依頼だ」

義兄が淡々とした口調で言い放つ。全部を読み終えていなかった私は、思わず目を丸くした。

「え？　あの自動車から不動産、学校運営まで手広くやっている、久遠寺家？　なんでそんな雲の上の人がうちに話持ってくるの」

怪しさ満点だ。

胡乱な目を義兄に向けると、彼はあっさり「こっちにもコネがあるんだよ」と答えた。

「学生時代の友人が、その御曹司様と知り合いでな。その紹介」

「若竹さん、何気に顔広いですよね……」

手もとにある依頼内容を確認する。そこに書かれていたのは、久遠寺グループの令嬢を演じてほしい、というものだった。

久遠寺桜、二十三歳。私より四歳年下のご令嬢という役どころ。

今まで色々な依頼を受けてきたが、今回のはさすがに大物すぎる。口もとが引きつった。

「お嬢様になれと？　しかも、ただの金持ちならまだしも、久遠寺家の令嬢って……。なにこの無茶ぶり」

「ああ、依頼人は久遠寺椿。依頼内容は、そいつの妹を演じてほしい、というものだな。期間はとりあえず一ヶ月。報酬は破格だ。断る選択肢はない」

ニヤリと笑った義兄の銀縁眼鏡がきらりと光る。彼は、実に悪どい顔をしていた。

「その目的っていうのが、妹さん宛ての見合いを破談にすることって……。破談にしたいなら、見合い相手を別の女に誘惑してもらえばいいんじゃないの？」

「それはそうだが、詳しいことは本人に聞いたほうが早い。明日来社予定だ」

こんな依頼ははじめてだ。セレブの考えは謎すぎる。

後で久遠寺家について調べておこう。せめてネットに上がっている程度の情報は仕入れておきたい。

私は事務処理を終わらせてから、一人暮らしのマンションへ帰宅した。

翌日の午後、依頼人がお付きらしき人と二人でやってきた。

三つ揃いのスーツをびしっと着こなしたその男性は、思わず頬を赤らめそうになる美形。背もスラっと高い。御曹司（おんぞうし）なだけでなく見た目もいいなんて、天は二物も三物の与えるんだとこの世の不平等さを嘆きたくなった。

身長は高く、均整の取れた体躯（たいく）にまとう仕立てのいいスーツは、恐らくオーダーメイドだろう。

癖（くせ）のない黒髪にすっとした目もとは涼やかで、和装が似合いそうだ。雅（みやび）やかな印象が漂っている。

そんな艶（あで）やかな雰囲気をまとう御曹司（おんぞうし）様は、歩く姿まで優雅だ。依頼人のプロフィール情報によると、三十一歳で独身。女性が放っておかないに違いない。

「はじめまして、久遠寺椿と申します」

おまけに声までいいってどういうことだろう。

心の声は口には出さず、私は社交的な笑みを浮かべた。

「はじめまして、今回久遠寺様の担当を務めさせていただきます、花染更紗と申します。どうぞよろしくお願いいたします」

「こちらこそ、よろしくお願いいたします」

そう言って、久遠寺さんは丁寧に頭を下げた。

居丈高（いたけだか）な俺様だったらいやだなと思っていたのに、拍子抜けしてしまう。

向き合って座り、何故うちの会社に依頼をしてきたのか、義兄とともに話を伺（うかが）うことにした。

目の前の彼が少し困ったように眉を下げる。

「お恥ずかしい話なのですが、私の妹、桜は少々型破りな人間でして。幼い頃は病気がちであまり学校にも通えなかったのですが、身体が丈夫になったら随分（ずいぶん）と自由奔放（じゆうほんぽう）になってしまい……世間が考える久遠寺家の娘のイメージとはかけ離れているんです」

――そう語り出した彼の妹さんは、なかなかに愉快な人だった。

簡単に言えば、豪快な自由人。

子供の頃は病弱で、空気の綺麗な田舎（いなか）の別荘で育てられたそうなのだが、その後スイスのお嬢様学校に入学。スイスで病気も完治したそうだ。けれど病気が治ってからも年に一度帰国する以外は、ほとんど外国で過ごしたらしい。

そしていつの間にか、大人しく物静かだった少女は消えて、なにかがスパンッと突き抜けてしまったような性格になっていたのだとか。

久遠寺さんが、お付きの人から分厚いアルバムを受け取る。

「妹が写っています。この辺りから見てくださるとわかりやすいかと」

「では、遠慮なく拝見します」

義兄と一緒にアルバムをめくる。

写真に写っている幼少期の彼女は、病弱な美少女というイメージそのものだった。癖のない黒髪に青白い肌。物静かな深窓の令嬢に見える。現代の白雪姫と言われてもおかしくないほど。

庇護欲を誘う姿は愛らしいけれど、ベッドの上や室内で撮影された写真ばかりで、病気がちだったことが窺えた。

けれど高校生くらいに成長した写真は、がらりと雰囲気が変わっている。背景から日本で撮影されたものだとわかるそれには、渋谷などにいそうな派手な恰好をした女の子が写っていた。

ひと言でいえば、ギャルい。

「この、文学少女のような物静かな少女と本当に同一人物ですか？　ものすごい変貌ぶりですね」

「ええ、すごいでしょう」

久遠寺さんは苦笑を禁じ得ないという感じだ。

「離れて暮らしていたせいで、余計気づくのが遅くなったと言いますか……。彼女が通っていたスイスの学校は、規律を重んじるところだったのですが、息抜きのオシャレには寛容(かんよう)でした。そこで、オンとオフを使い分けていたんでしょうね。日本に帰国するたびに明るく元気になったと喜んでいられたのも、中学生まででした。気づけば、オフのほうが本来の妹の姿になっていて。それでも『元気になったらやりたいことを全部やると決めていた』などと言われては、両親も私もあまり強く言えず……。離れて過ごしていたので、余計遠慮があったのでしょう」

「なるほど……」

アルバムの写真が進むにつれて、メイクはより派手になり、髪の毛は金髪やピンクなど鮮(あざ)やかな色に変化していく。

カラコンもいれて、ついにはコスプレにも手を出していた。

この辺になるとカメラ目線の写真が減るため、どこかのイベントでの隠し撮りかな……深く突っ込むまい。

「それで、今はどうされているのですか？　うちに依頼があったということは、妹さんは近くにいないか表に出て来ることができない状況だと推測しますが」

え、それって……

義兄の問いかけに妙な緊張を感じながら久遠寺さんを窺うと、彼は笑顔で言った。

「病気で動けないというわけではないんですよ。今も海外で暮らしています。外国育ちですから、日本は窮屈なんでしょうね」

「今も留学中ですか？」

私の問いかけに対する久遠寺さんの答えは、予想の斜め上をいっていた。

「いえ、大学を卒業後、卒業旅行で訪れた南米で運命の人を見つけたと言い、家族に相談なしに現地の人間と国際結婚してしまいました。現在カリブ海のキュラソー島に住み、つい先週妊娠中という連絡が」

「……なんと。それはそれは……」

おめでとうございます、とは迂闊に言えぬ。

キュラソー島は、南米ベネズエラの北にある小さな島だ。港町のカラフルで可愛い街並みは、世界遺産にもなっているらしい。

妹さんから届いた、まさかの報告。ご実家は相当な混乱ぶりだったそうだ。

ご両親は、彼女をグループの系列会社に就職させて、社会経験を積ませながら頃合いを見て縁談をすすめようと考えていたらしい。そんなところに結婚・妊娠の連絡。皆で頭を抱える羽目になった、ということのようだ。

ちなみに上流階級の中では、表に出てこない久遠寺家の令嬢は病弱な美女で、両親に溺愛されているという噂が浸透しているらしい。

久遠寺家のご当主夫妻が誰にも娘を紹介せず、ろくに存在も明かさないため、勝手なイメージが独り歩きしているのだ。

しかしそれを訂正もできず、かといって本人を紹介もできず。どうすることもできなかった結果がこれだ。

桜お嬢様は後悔しない生き方を自分で選んでいるので満足だそうだが、周りはそうもいかないだろう。

言ってしまえば、どこの馬の骨ともわからない相手の子供を身籠っている現状なのだ。

そのことに、久遠寺家の当主は相当ご立腹で、現在妹さんは勘当同然とのこと。

「それで、すすめようと画策していた縁談というのが、簡単に断りにくい相手である、と。そのためうちの手助けが必要、ということでしょうか?」

義兄の問いに久遠寺さんが頷く。

「はい、もともとは久遠寺から頼んだ話ですし、お相手も一人ではなくて。それに本人に会わせずに断るのは失礼なので、せめて一度お会いしてからではないと……というのが、私と両親の考えです。そう伝えたところ妹本人が、誰かに自分の役を演じてもらえばいいじゃない、と」

彼女が自分から言ったのか、それ。すごいな。

でも当人が了承済みなら話が早い。

「妹さんは妊娠中で安易に飛行機に乗せられないし、帰国の意思もないと……」

「よっぽどあちらの空気が合っているんでしょうね。日本には当分帰ってこないと言い張っています」

ちなみに妹さんの結婚相手は、リゾート開発やホテルのオーナーをしているそうで、生活の心配はないそうだ。とはいえ、堅実な相手と縁を結び、幸せな家庭を築いてほしかったご両親には衝撃ばかりだろう。

話が壮大すぎて、激しい……という感想しか出てこない。

しかし破格の報酬を義兄がみすみす逃すはずもなく、彼はにっこり社交的に微笑むと「お任せください」と安請け合いをした。

「依頼内容は久遠寺桜様に代わり、縁談を無事に破談させること。かける期間は一ヶ月。それでよろしいですか？」

「はい、よろしくお願いいたします」

久遠寺さんはまた、丁寧に頭を下げた。

自由すぎる妹を持ってとばっちりを受けているだろうに、心底困っているという風に見えないのは、彼自身がまとう空気がのんびりしているからか。

そもそもこういうときは、久遠寺家に仕える人が依頼に来そうなものなのに、御曹司自ら出向いてくるのがすごい。

美形でセレブ。でも、驕ったところがなくて、好感度が高い。

「こちらの更紗はかつて人気子役をしていた経歴がありまして、演技力には定評があります。ご要望にお応えできると思いますよ」

義兄がさらりと私にプレッシャーをかけてくる。

私はかつて、小戸森サラという芸名で子役として活動していた。五歳からの五年間、テレビに出ていたのだ。バラエティー番組に出たこともあるし、大物俳優との共演も経験している。その当時は人気子役として、結構世間に名前が知れ渡っていた。

母子家庭だったため、母の助けになりたいと自分から望んで仕事をはじめた。でも十歳になった頃、芸能界に嫌気がさしてしまった。

早くから大人と接し、裏側の世界を見続けたせいで妙に達観した子供になっていたし、本当の自分を隠して周囲が望む子供らしい子供を演じるのにも疲れてしまった。

普通の女の子として学生生活を送り、友達だってほしい。

結局私は、十歳という若さで芸能界を引退した。

それ以降、義兄に誘われるまで演劇の世界とは離れていたけれど、今はこの仕事にやりがいを感じている。舞台がカメラの前か現実世界かの違いだけで、演技をすることに変わりはない。

プロの端くれとして、私も一度引き受けた仕事を中途半端にするつもりはない。やるからには、全身全霊で応えるつもりだ。

「ご希望通りの桜様を演じ切ります。どうぞよろしくお願いいたします」

久遠寺さんがほっと安堵の笑みを見せた。

「ありがとうございます。それでは更紗さんは私の妹として、これから一ヶ月、久遠寺の家に住んでいただけますか？　より自然な兄妹を演じるには、私のことや家のことを知っておく必要がありますので」

「拘束時間によって費用がかかりますが、よろしいですか？」

義兄が口を挟む。

「問題ありません。依頼料は後日請求してください。ああ、更紗さんに必要なものはこちらで揃えますので、ご心配なく」

「そうですか、承知いたしました。では更紗、しっかり役目を果たしてくるように」

「はい。これからよろしくお願いいたします、久遠寺さん」

「こちらこそ。では参りましょうか、更紗さん」

「え？」

参るとはどこに。

応接室のソファから立ち上がり、久遠寺さんが手を差し出す。

困惑しつつもつられるように立ち上がると、彼は私の手をすくいあげ、きゅっと握った。

「まさかと思いますが、今からですか⁉」

「ええ、善は急げと言うでしょう？」

微笑みながら、おっとり告げる。

力は決して強くないのに、何故だかその拘束から抜け出せないように感じた。

「安心してください、なんでも必要なものがあれば、言っていただければすべて揃えますので」

「……ありがとうございます……？」

乾いた笑みが零(こぼ)れそうになるのをぐっとこらえる。

そうして着の身着のままで、私は久遠寺家の高級車に乗る羽目(はめ)になった。

第二章

久遠寺邸は、想像以上の豪邸だった。

セキュリティ対策が施(ほどこ)されているゲートは、車が近づくと自動的に開いた。そこから数分車を走らせて、ようやく屋敷の玄関前に到着する。

ここ、都内だよね？

疑わしくなるほどの敷地の広さに、口が開いてしまう。

緑豊かな自然公園と見紛(みまが)う風景が庭だというのだから、お金持ちの生活はさっぱりわからない。庭だけで一体いくらかけているんだろう……

思わず遠い目になったが、それはまだ序の口だった。

「お疲れ様です、椿様、花染様」

「ありがとう、竜胆(りんどう)」

車から降りた久遠寺さんが、運転手を兼ねていた付き人の男性にお礼を告げた。

車の中で説明してくれたのだが、先ほどから気になっていたこの方は、代々久遠寺家に仕える久世(くぜ)竜胆さん。

柔和(にゅうわ)な笑みにきっちり後ろに撫(な)でつけられた髪の毛で、まさしく執事というイメージだが、実際は執事ではなく家令(かれい)補佐というものらしい。

先祖代々久遠寺家を支えてきた家柄というのが、今の時代にも受け継がれているとは……。時代錯誤(さくご)と思わなくもないが、改めてすごい世界だ。

「さあ、更紗さん。どうぞ」

久遠寺さんが私の前にやってきて、手を差し出した。男性にエスコートされたことなんて今までの人生で一度もないため、一瞬間が空く。

「あ、すみません、大丈夫です……」

恐縮しながらやんわりと断った。手なんか握られたら、今以上にカチコチに緊張しちゃうわ。

そして車から降りた私は、目の前の屋敷を見て固まった。

「大きい……」

玄関扉に行くには、両サイドにある階段を上るらしい。玄関前には立派な柱があって、まるで西洋のお貴族様のお城だ。扉はもちろん両開き。しかも大きい。

「すごい豪邸ですね……。なんとか文化財になってそう……」

「何度か国から言われているけど、断り続けているんだ。一度指定されてしまうと、簡単に修繕もできないからいろいろと面倒でね。ここは、大正時代に建てられた古い屋敷なんだ。あちこちリフォームしているので、まだちゃんと住めるけど、冬は少々寒いかな。あ、そこ足もと気をつけてね」

これからは兄と呼ぶことになるのだから、お互い敬語はやめようと、車の中で言われていた。とはいえ、私の方はすぐに対応するのは難しい。けれど、彼の口調は随分砕けたものになっている。

玄関扉が中から開いた。

「お帰りなさいませ、椿様」

「ただいま、久世」

初老の男性が丁寧に出迎えてくれた。

ロマンスグレーの髪の毛がとても似合うこの人が、竜胆さんのお父様だろう。

久世家に仕える家令ということは、屋敷を取り仕切っているえらい人だ。

「これから桜になってくれる、花染更紗さんをお連れしたよ。後でみんなにも紹介したいから、先に話をしておいて」

「かしこまりました、椿様。お帰りなさいませ、桜様」

「こ、こんにちは……桜です」

なんともナチュラルに桜様と呼ばれてお辞儀をされて、焦りがわく。もしかしなくても、この屋敷に一歩入ったところからもう演技が始まっているの⁉

展開が早すぎて頭が追いつかない。

てっきりこれから、ゆっくり説明を受けるのだと思っていたのに。まさか速攻で演技テストをされるとは……

なんとか切りかえて、できるだけ落ち着いた感じの笑顔になるよう意識する。

綺麗に整えられた髭に囲まれた久世さんの唇が、にっこりと弧を描いた。

「しばらくお会いしない間に、随分落ち着きのある淑女になられましたね、桜様。少しお疲れのようですな。後でお好きな紅茶をお持ちいたしましょう」

「っ！　あら、そうかしら。久しぶりにおいしいお茶が飲めるなんて楽しみだわ」

「一緒に桜様がお好きなケーキもお持ちしましょう。料理長が朝から張り切っておりましたよ」

玄関のなかに進むと、使用人の方々が待ち構えていた。十名ほどの方が皆、にこやかに挨拶をしてくれる。

「お帰りなさいませ、椿様、桜様」

着物に白いフリルのエプロンを身につけているこの方々は、女中さんというイメージだ。年代物のお屋敷にメイド服もいいけれど、着物というのもなかなかオシャレだ。レトロなお屋敷にしっくりくる。

「ただいま」と返した久遠寺さんにならって、同じように笑顔を向ける。私が迷わないようにか、久遠寺さんがすかさず私の手を握って振り返った。

「桜は帰って来たのが久しぶりだから、きっと忘れているよね。部屋まで案内しよう」

「……まあ、ありがとう、お兄様。久々すぎて度忘れしてしまって」

ああ、やっぱり一歩屋敷に入ったときから、私は久遠寺桜なのね……

せめて車の中で説明がほしかったと内心ぼやきつつ、完璧な笑顔を浮かべる。

久遠寺さんのおっとりした雰囲気に流されそうになるが、こんな家に生まれた御曹司(おんぞうし)が見た目通りの人のはずがない。一癖も二癖もある、一筋縄ではいかない人だというのがこれでよくわかった。

正直、私の恰好がまだ更紗のままだから、すぐに役に入れと言われても難しいんだけど……。実際の桜お嬢様の口調がどういうものだったのかも、ちゃんと確認しなくては。

一体どこまでが玄関なのかわからない大理石の大広間を進んでいく。土足のままなので、どうやらこの屋敷は見た目通り西洋の文化を取り入れているらしい。

お手頃価格のワンピースにジャケットを羽織っただけの姿が、ひどく落ち着かない。なんかこう、イブニングドレスでも着ていなければいけないような気分になる。

「どうしたの？」

少し足取りが重くなっていたのか、久遠寺さんに訝(いぶか)しげに問われた。

「いえ、なんでもありませんわ」

付け焼き刃のお嬢様口調で返事をする。そうして少し歩いた先は、エレベーターホールだった。

え、家にエレベーターがあるの？

……ホテルか。

久遠寺さんは、久世さんにお茶を頼むと告げて、エレベーターに乗った。レトロでかわいらしいエレベーターは、三階が最上階。どうやらそこが私室になっているようだ。

「桜の部屋は僕の部屋の向かいなんだ。覚えておいてね」

「そうね、そうだったわね。ありがとう、お兄様」

二人きりになっても桜お嬢様を続行していると、隣から小さな笑い声が落ちた。

「ふふ、少し意地悪をしてしまったね。部屋に入ったら説明するから、安心して？」

……どうやら私はからかわれていたらしい。

私は部屋に着くまで、意地になって桜お嬢様らしい口調で「お兄様」を連呼してやった。

「――さて、あらためてようこそ我が家へ、更紗さん」

「久遠寺さん……、いきなりドッキリなんて、なかなかいい性格をしていらっしゃいますね」

案内された桜お嬢様の部屋は、一人暮らしをしている私のマンションの倍はある、広々としたところだった。

白を基調とした家具は、きっとヨーロッパの高級家具に違いない。

ゴシック調のシャンデリアに天蓋つきのベッド。

私がイメージするいわゆるお嬢様の部屋より、数倍ゴージャスだった。ここにしばらく滞在させてもらえることがうれしいというより、分不相応すぎて落ち着かない……

若いお嬢さんらしく、ソファはかわいらしいピンク色。そこに座ると、これから兄となる久遠寺さんが向かい側に腰を掛けた。

タイミングよく、久世さんがお茶を運んでくる。

「まるでホテルのアフタヌーンティーですね」

「お気に召すといいのですが。お好きなものがありましたら、なんなりとお申し付けください」

こぽこぽと目の前で紅茶が注がれる。

サンドイッチ、スコーン、マカロン、一口サイズのケーキ。三段トレイに盛りつけられた軽食とスイーツは目にも鮮やかで、プチセレブ気分になる。一瞬、仕事で来ていることを忘れそうになった。

香り豊かなダージリンティーを一口含む。自分の部屋でティーバッグをちゃぷちゃぷさせて飲んでいた紅茶はなんだったんだろう。

生まれながらのセレブの久遠寺さんは、紅茶を飲む姿も様（さま）になっている。スーツ姿で長い脚を組んでいるのもモデルのよう。この人いい被写体になるだろうに、まったく報道されていないのが不思議だわ。

「それで、ここが桜さんのお部屋でよろしいんですよね？」

「そう、君にはこれからこの部屋に住んでもらう。クローゼットの中は好きに使って。必要なものがあれば久世に言ってくれたらいいから。すぐに整えよう」

「ありがとうございます」

とは言っても、ハンドバッグひとつしか私物を持ってきていないから、必要なものがそれなりにあるんだけど。

長期不在にするつもりで自宅を出てきたわけではないので、一度部屋に戻って基礎化粧品やメイク道具、着替えなどを一式ごっそり持ってきたい。

「一度自宅に戻り私物を持ってきたいのですが、よろしいですか？」

「そうだね、もちろん。でも衣服などはこちらで揃えるから、必要最低限のものだけでお願いできるかな」

「はい、承知しました」

　桜さんの洋服を借りるとしても、サイズは大丈夫なんだろうか。

　そういった確認事項がいくつかあるが、まずは私が演じる桜さん像を把握しなければ。

「それで、桜さんのことですが。私はどういう役を演じればいいのですか？」

「世間からは、両親に溺愛されている病弱な令嬢、というイメージを持たれている。実際は先ほど話した通りで、今現在の桜は活発で行動的。なにをするかわからない型やぶりな、世間一般で考えるお嬢様らしくないお嬢様かな。だけど更紗さんには、世間のイメージの桜、つまりできるだけ良家の令嬢らしくしてもらいたい。イメージとしての桜の品位を保ったまま、相手に引き下がらせてほしいんだ」

「具体的には？」

「久遠寺家にふさわしい立ち居振る舞いをお願いしたい。その上で、それぞれの見合い相手の好みの女性であってはいけないから、彼らの好みとは真逆の女性を演じてもらうことになるかな。けれどうちの令嬢としての品位が下がる行動は避けてほしい」

　面倒な注文ばかりでごめんね、と久遠寺さんが謝った。

「なるほど、では私は皆様が想像されているとおりのお嬢様を演じつつ、相手の面子（メンツ）をつぶさないように円満に見合いを破談にすると」

　……なかなか難しい注文だな……

そもそもお嬢様生活というものを送ったことがないため、ベタなイメージしか持ち合わせていない。まあだからこそ、それを補うためにこの屋敷で暮らすことになったのだけれど。

「それでは、大和撫子(やまとなでしこ)のようなイメージで役作りをしたらよろしいですか？」

久遠寺さんが和服が似合う純日本人の美形だから、桜さんも着物が似合うお淑(しと)やかな令嬢に見えるよう印象を作ったらどうだろう。

隣に並んで違和感がないように、メイクもオリエンタルビューティーを意識して。

「そうだね……まずは更紗さんが思い描く久遠寺桜を見せてくれるかな。それを見てから方向性を決めよう。でもその前に、お茶を飲もうか」

久遠寺さんは久世さんに、紅茶のお代わりをお願いした。新しい茶葉のポットが用意される。

のんびりというか、マイペースというか。一分一秒が惜しいビジネスマンという感じではない。この優雅さはさすがだわ。

久遠寺家がいろいろな事業をしていることは知っているけれど、久遠寺さん自身の職業を聞いていない。でもなんとなく、日夜忙しく働く身分ではないと思う。

私はお代わりの紅茶と、久遠寺家のシェフが作ったスイーツをきっちり堪能(たんのう)してから、桜さんのクローゼットを見せてもらった。

六畳ほどの広さのウォークインクローゼットの中は、とてもわかりやく収納されている。

季節ごとに分かれているのは衣類だけではなく、靴やスカーフなどの小物類まできちんと分類されていた。

「広い、そしてわかりやすい。……桜さんは物持ちだわ」

たまにしか日本に住んでいなかったはずなのに、バッグと靴だけでいくつあるんだろう。

目の前のハイヒールを一足手に取ってみる。靴のサイズは、私よりワンサイズ大きい。ハイブランドのピンヒールは凶器になり得そうなほどヒールも高いし、歩きにくそうだ。でもそもそも、お嬢様は長距離を歩かないのだろう。車移動に違いない。

「しかし、服装はまるでお嬢様らしくないけど」

そこには、清楚(せいそ)なワンピースやパーティードレス、着物などはなかった。

ジーンズなどのカジュアルなものと、露出が多く派手な服。ヒョウ柄のミニスカートとか、どこに着て行ってたのか少し気になる。

これなら私が持っているお嬢様風ワンピースのほうが雰囲気が合うのではないだろうか。

「更紗さん、どうだった？」

声をかけてきた久遠寺さんに「今時の女の子の服でしたね」と答えた。

「ちょっとカジュアルな服装が多いので、私の手持ちのワンピースのほうがお淑やかなお嬢様のイメージが作れるかなと。それで、今から自宅に帰宅してもよろしいですか？」

「もちろん。竜胆に車を出してもらおう」

「ありがとうございます」

エレベーターに乗り、玄関へ向かう。

家の中には、絵画や美術品が多く飾られていた。私には値段の見当などつかないが、間違いなくお高いだろう。絶対に触らないようにしなくては……借金を背負いたくはない。

「竜胆、更紗さんをご自宅へ連れて行ってくれるかな」

「かしこまりました、椿様。車を回してきます」

「ありがとうございます、竜胆さん。お手数をおかけします」

先ほどと同じ車に誘導されて、後部座席に乗ったところで反対側のドアが開く。

ん？　と思った直後、何故か久遠寺さんが乗り込んできた。

「えっと、久遠寺さんも来るんですか？」

「うん、興味があるからね。あと僕のことは久遠寺さんではなく、名前かお兄ちゃんって呼んでほしいな」

興味があるって、なににだ。私のマンションに来ても、部屋には上がらせないけど。

バックミラー越しに、久遠寺さんに向けて竜胆さんがちらりと視線を投げた。その表情は、なにかを語っているように見える。

「桜さんはなんて呼んでいたんですか？」

「妹は僕のことをお兄ちゃんって呼んでいたよ。一般的な兄妹のようにね」

義理とはいえ兄がいる私だが、若竹さんをお兄ちゃんと呼んだことは一度もない。両親が再婚したとき、二人とももう子供ではなかったし、気恥ずかしさもあったのだと思う。今は一応会社の社長でもあるし、ますますもってお兄ちゃんとは呼びづらい。

笑顔のままじっと私を見つめる久遠寺さんから、無言の圧力を感じる。

これも役作りかな……と納得し、私はあっさり「それでは、お兄ちゃん」と呼んだ。

「うん、うん……悪くないね」

二、三度頷いて満足そうに笑う彼に、選択を誤ったと感じた。

「やっぱり椿さんで」

「それは却下」

私に選択肢はないじゃないか。

いかにも育ちが良くておっとりしているのに、押しの強さを感じる。

けれどクライアントの意向にはなるべく添うべきだと判断し、私は一言「承知しました」と返答した。が、久遠寺さんの眉が僅かにひそめられる。

「さっき車の中でも言ったけど、君の敬語も今後はなしで。本当の兄妹を演じるんだから、敬語はおかしいでしょう？」

「……そう、ね。わかったわ、お兄ちゃん」

満足そうに久遠寺さんが前を向いた。だから、これが正解だったのだろう。

だが本音を言えば違和感が半端ないし、竜胆さんが無言ながらも心の中で突っ込みを入れている気がしてならなかった。

義兄のオフィスがある場所から電車で二駅の場所に、私の自宅のマンションがある。

１Kだけど、一人暮らしには十分なスペースがあり、治安も良好。さらに言うなら、最寄り駅から徒歩三分。

スーパーもコンビニも近所にあるし、過ごしやすく便利だ。

久遠寺邸から車で約三十分で、私のマンションに到着した。目立った混雑もなくてスムーズに動けたのでよかった。

「すみません、駅前のスーパーの駐車場にでも車を停めておいてもらえますか。そこにコーヒーチェーンのカフェもありますので、ゆっくり休んでいてください」

マンション前で下車するときにそう告げる。

竜胆さんが「かしこまりました」と承諾したが、久遠寺さんは手伝いを申し出てきた。

「いえ、お気持ちだけで結構です」

「敬語に戻っているけれど」

「レディの部屋になんの準備もなく入ってこられたら困るのよ、お兄ちゃん」

私の部屋は、すぐにお客さんを招ける状態ではない。そもそも二人で作業するようなスペースもないので、やはり断固拒否だ。

私の砕けた口調が気に入ったのか、彼はそのまま引き下がった。

「そう、じゃあ終わったら連絡して」

電話番号を交換し、私はようやく自宅へ戻ることができた。

「さてと、なにから手をつけていいやら……」

まずは、クローゼットに収納しているスーツケースとボストンバッグを取り出す。

仕事道具としても使っているメイク道具一式とウィッグは、マストアイテム。自分に合う靴も必要なので、パーティー用のパンプスやスーツに似合う靴など数足見繕って袋に入れる。

清純派な彼女役を演じたことも過去に何度かあった。そのときに用意したワンピースを二、三着選び、あとはキレイ目系のカットソーやスカート、カーディガンなど。

念のため通帳やパスポートなどの貴重品も持って行こう。使わない部屋に長期間置いていくのは不用心な気がするから。

それらはハンドバッグに入れて、荷物を閉じる。

あっという間に、スーツケースとボストンバッグがパンパンになった。

必要最低限の荷物だけに抑えようと思っていても、海外旅行に行くような量になってしまったのは仕方ない。

「あ、冷蔵庫の中とかどうしよう。冷凍できるものは冷凍して、生ものは捨てていくか……」

もったいないけれど仕方ない。

「急いだけど、一時間近く経っちゃった。久遠寺さんたちに電話するか」

玄関扉を施錠（せじょう）し、マンションを出る。周囲に、大荷物を持って出かけるのを見られるのは防犯上よろしくないので、すみやかに通りに出て二人がいると思われる駅前のコーヒー店に向かった。

スマホを取り出し、電話をかける。

コール音が一度鳴っただけで、すぐにつながった。

『桜？』

出るの早っ！

動揺したものの、人目がある外では、徹底的に兄妹にならなければいけないことを思い出す。どこで誰が見ているかわからないのだ。

私は、私が考える普通の妹らしい返事をした。

「もしもしお兄ちゃん？　今どこ？」

『桜が教えてくれたカフェにいるよ』

「わかった、今お店の前に着いたから、中に入るね」

スマホをハンドバッグに入れて、スーツケースを引く。傍で聞いてたら、兄妹の会話にしか聞こえないはず。けれど、平凡な顔の私が久遠寺さんの隣に並べば、血のつながりを疑われそうだわ……

「ずっと一人っ子だったたし、若竹さんは兄といってもちょっと違うし。血のつながった兄妹かぁ……難しい」

「いらっしゃいませ」というカフェ店員に会釈をして店内を見回すと、一際女性客の視線を集めている二人組の男性が視界に映った。

ホテルのラウンジで一杯千五百円くらいするコーヒーをゆったりと満喫していそうな雰囲気を放つ男性たちが、久遠寺さんと竜胆さんだ。そんな二人がカジュアルなコーヒーショップにいることが不思議でならない。

私が近づく気配を感じたのか、久遠寺さんが振り返った。

「桜」

ふわりと微笑んだ姿に、周囲の人間が息を呑む。

超絶美形な久遠寺さんと、執事のような制服を着ている竜胆さん。二人が並んでいる姿は絵になる。

どこかでカメラが回っているのでは？　と思っているお客さんもいそうだわ。なんていう破壊力のある笑顔なんだと唸りそうになるのをこらえて、私はあくまで妹として彼に近づく。

「ごめんね、遅くなっちゃった」

「大丈夫、もう飲み終えたから。桜もなにか飲む？」

「ううん、私は大丈夫」

立ち上がった竜胆さんがサッと私の荷物を受け取り、久遠寺さんが手を握ってくる。

「そう、じゃあ行こうか」

ん？　と疑問符が浮かぶが、颯爽と歩き始めてしまったので後を追うしかない。周囲の人の視線が痛い。

店員さんの「ありがとうございました」という声が扉越しに聞こえた。

「えっと、お兄ちゃん。いい歳した普通の兄妹って手を握らないと思うんだけど」

恋人同士でもあるまいし。

「うん？　昔から桜と歩くときは手をつないでいたよ。なにもおかしなことじゃない」

え、そうなの？

思わず竜胆さんを見上げると、彼はにっこり微笑みかえした。これは肯定なのだろうか。いまいちわからん。

「そっか、そうだっけ」

あははと笑い、手はそのままにして駐車場へ向かう。

眉目秀麗（びもくしゅうれい）な男性と手をつなぐなんて、そうそう体験できることではない。妙な緊張感が漂う中、私は妹、私は妹……と自己暗示をかけて、なんとか意識的に笑みを作り続けた。

確か桜さんと久遠寺さんって八歳違うんだっけ……？　年齢が離れていれば、妹さんにも過保護になるんだろうか。

荷物をトランクに詰めてもらい、後部座席に座った。隣に久遠寺さんが座り、シートベルトを着ける。

「桜様、ほかに寄るところはございませんか？」

「大丈夫よ」

なにかあったらそのときまた帰ってくればいいだろう……という浅い考えは見抜かれていた。

「これから契約が終了するまで桜として行動してもらうから、自宅はおろか、オフィスにも近寄らないでね」

久遠寺さんにさらりと言われた台詞にギョッとする。が、すぐにそれも仕方ないと納得した。

「わかりました。ただ、上司への報告は必要になります。久遠寺さんのお屋敷から、私のスマホを使うことは問題ありませんか？」

「自宅からなら。でも外では身元がバレるものは一切持ち歩かないように。あとで桜用の携帯を用意させよう。竜胆、頼んだよ」

「かしこまりました、椿様」

なるほど、徹底している。

自分ではない誰かになることは、容易ではない。どこかでボロが出ないように、身元がバレる要素は排除するべきだ。

それなのに私を一度自宅へ帰らせてくれたのは、彼らなりの優しさだったのだろう。

いささか展開が急すぎるけれど、それは仕方のないことだ。久遠寺さんがうちの会社に来たところを何度も目撃されると、桜が偽物だとバレる確率が上がる。桜が偽物だと知られると、久遠寺家の評判も落ちてしまう。

……あらためて考えると、私、随分な大役を引き受けてしまったのでは。今さら遅いが。

「ほかに注意事項がございましたらお知らせください。とりあえずお屋敷に着くまでは、花染更紗として対応させていただきますね」

「そうだね、じゃあ今のうちに更紗さんに聞いてみたいことがあるんだけど、いいかな」

「ええ、私で答えられることでしたら」

これからしばらく、更紗の存在は消える。私自身のことを話すなら、今しかないだろう。

とは言っても、一体なにを聞かれるか見当もつかないが。

「花染社長と同じ名前だけど、二人は兄妹なんだっけ？」

「親の再婚の連れ子同士なので、義理のですが兄妹にあたります。とはいえ両親の再婚時、私も成人間近でしたし、義兄はとっくに社会人でしたので、あまり兄妹という意識はないですね」

「かつて子役をしていたという話は？」

「事実ですよ。五歳から十歳まで、テレビに出てました。小戸森サラという名前で」

続けて、代表作のテレビドラマをいくつか告げる。意外にもそれに反応したのは竜胆さんだった。

「懐かしい、覚えてますよそのドラマ。道理で、どこか見覚えがあると思いました」

「ありがとうございます」

昔の話をするのは気恥ずかしい。かつてテレビに出ていた面影がほとんどないほど、平凡に成長したから余計に。

子役時代、私の特技は泣く演技だった。自由自在に涙を流すことができたので、感動的なヒューマンドラマとか家族愛のドラマによく出演させてもらっていた。

「本当だ、検索すると写真が出てくるね」

「恥ずかしいのであまり見ないでくださいね」

久遠寺さんが、手持ちのタブレットで検索した結果を見せてくる。

子役のときはかわいくても、成長するとパッとしなくなる人の話をよく聞くが、私は自分もそれに当てはまると思っている。

芸能界引退は中学受験のためと公(おおやけ)には言っていたが、単純に自分が表舞台に向かないことと、芸能界に嫌気がさしたことが一番の理由だ。人の視線に疲れてしまったというのも、理由のひとつである。

「普通の女の子に戻ってから、学校では演劇部とかに入っていたの?」

「いいえ、まったく。そういうのとは無縁に過ごしましたよ。中高は女子校に行って、かわいい制服のある喫茶店でバイトしたり、友達と寄り道したり。普通の女子高生をしていました。それで子役時代に稼いだお金を学費にあててましたね。母子家庭だったので」

「そうか。じゃあこういうお仕事をされているのは少し不思議だね」

「人生わからないなってよく思いますね。今はカメラの前でなく、日常にこそ舞台があるって思いますけど」

当時の華やかさとは無縁の生活だけど、私にはこっちのほうが合っているし、今の生活が楽しい。

仕事としているのは、裏方の人生。でも、誰かの表舞台に携(たずさ)わることができる、貴重な仕事だ。

失敗が許されない緊張感も、スリルがあり気に入っている。

「なるほど、そうだね。映画やテレビと違って人生にはシナリオがないから一発勝負だし、スリルも違いそうだ」

「リテイクがないから、緊張感が違いますね。はじめは義兄の仕事を手伝うのは乗り気じゃなかったんですが、今は天職だと思ってます」

ちょっと言い過ぎたかもしれない。天職ではなく適職かも。

けれど久遠寺さんがおっとり微笑むから、訂正する気が失(う)せてしまった。

そんな会話をしていたら、車は久遠寺邸に到着していた。屋敷の玄関前に車を停車させて、荷物を下ろす。

「お部屋へお運びしましょう」

出迎えてくれた久世さんが、スーツケースとボストンバッグに手を掛けて言った。

「ありがとう、久世さん」

「どうぞ私のことは久世とお呼びください」

「……慣れるよう努力するわ」

壮年の男性を呼び捨てにするのは抵抗があるけど、これにも慣れなければ。

いまいちスイッチが入らないのは、やはり私がまだ更紗の恰好のままだからだろう。

桜さんの部屋に戻り、荷物を広げる。スーツケースの中から、私が考える桜お嬢様っぽいワンピースを取り出した。

「実際の桜さんは好まないだろうね、こういう大人しいワンピースは」

行動力があり好奇心旺盛な桜さんは、保守的な服装よりもっとはじけた感じが好きそうだ。

でも、それらを着こなす自信もないし、そもそもそういった服では求められている「桜お嬢様」を演じられない。だから私は、演じる役柄の桜お嬢様に似合う服を選ぶ。

私の胸もとまでの髪の毛は、今はアレンジしやすい長さで、カラーリングも少ししている。けれど久遠寺さんの要望に合わせるなら、久しぶりに黒髪に戻したほうがいいだろう。

後でやることリストに加えておこう。

着替える前に、洗面所でメイクを落とした。

鏡に映った顔は、化粧を落とす前とあまり変わらない。

化粧水で肌を整えて、丁寧に下地を塗る。赤みを抑えるコントロールカラー入りのコンシーラーを気になるところに使い、ブラシでファンデーションを肌に重ねた。チークを入れて、小顔効果が出るよう顔の輪郭にシェードもいれる。目もとはパール入りのアイシャドウを塗ってからピンクとブラウン系を塗り、きつくなりすぎないようにアイラインを入れる。軽くビューラーでまつ毛をあげて、目のふちに部分用つけまつ毛をつけた。

「お兄さんの目もとがすっとしているもんね。桜さんも写真によるとオリエンタルビューティー系だし、がっつりつけるとやりすぎかな」

桜さんがパッチリした目だったら二重(ふたえ)の幅を広げたりという加工が必要だったけど、つけまつ毛くらいで大丈夫そう。私の目も二重(ふたえ)ではあるが、幅は広くない。目の形はアーモンド型だ。

きつすぎず、濃すぎず、美人に見えて清楚(せいそ)な感じに。

それが私が考える、桜お嬢様のイメージ。

眉毛はカーブを作りすぎずナチュラルに。ちょっとミステリアスな印象にしたいけれど、眉毛は前髪で隠れるだろうから気合を入れすぎなくても大丈夫。

「うん、悪くないんじゃない？」

ウィッグをかぶり、紺色のワンピースを着てハイヒールを履いた自分を姿見で確認する。

「あ、仕上げにルージュを塗るのを忘れてた」

メイクポーチから薄ピンクのルージュを選び、グロスも重ね塗り。艶やかで華やかな印象の唇が完成した。

自分であって自分ではない人物の顔を見つめながら、口角をあげる。

「さて、行くか」

鏡の前で呪文を唱える。と言っても、白雪姫の魔女ではないけれど。

「私の名前は久遠寺桜。久遠寺家の令嬢で、誰も姿を知らない、高嶺の花のお嬢様」

一目会いたいと願う男性が数多くいる、深窓の令嬢。

彼らの理想を叶え、そのうえで、自分では釣り合わないと身を引かせるくらい美しく凛としたお嬢様になってみせる。

背筋を伸ばし胸を張って、優雅に一歩踏み出した。ヒールが軽やかな音を奏でる。

扉を出て、向かいの部屋の扉をノックした。

「はい」

中から久遠寺さんの声が聞こえる。

「お兄ちゃん、開けていいかしら？」

「どうぞ」

承諾の声に、扉を開けた。

男性の部屋に入室するのは、考えてみたらはじめてかもしれない。女性の部屋とは違った香りがする。

二十畳ほどの部屋の壁は、一面が本棚だ。ダークブラウンで統一されている家具は温かみがあって、重厚感もある。若い男性の部屋というより、初老の紳士が落ち着いた空間を求めてデザインしたような部屋だ。

アンティーク調のソファに座り、お茶を飲みながら本を読んでいた久遠寺さんが立ち上がった。その顔には、少し訝（いぶか）しむような表情が浮かんでいる。

「桜？」

「ごめんなさい、読書の邪魔しちゃった？」

久遠寺さんが薄く口を開けて、私を凝視（ぎょうし）する。その表情から、無事に役作りが成功したことを悟った。

外見の作りこみ方は、一応クリアだろう。

私は本物の桜ではない。

けれど、外国暮らしが長い本物の桜お嬢様を知る人物は、日本ではほとんどいない。

ならば私が演じるお嬢様が、これからしばらくの間、他の人間にとって本物になる。

潤いたっぷりの唇の口角を持ち上げた。手先から足のつま先まで意識する。背筋をぴんと伸ばしたまま、美しく見えるようにゆっくり近づく。

「どうしたの、お兄ちゃん？」

反応がない久遠寺さんに再度呼びかけると、彼は目じりを下げた。

「うん、女の子はすごいね。それが〝桜〟か。……彼らが想像している通りの、久遠寺家の令嬢だ」

感嘆の声をあげながら、久遠寺さんが近づいてくる。脚が長いから、一歩が大きい。優雅に歩いているのに、あっという間に距離を詰められてしまう。

掴みはOKの感触に、内心ほっとした。

が、目の前にやってきた久遠寺さんにふいに顎を持ち上げられて、心臓がドキッと跳ねる。

無意識な身体の反応は修業が足りない証拠だ。でも、不意打ち攻撃反対っ。

「なぁに？　いきなり触るなんて失礼じゃないかしら」

「そう？　僕は昔から桜とはスキンシップをとっていたよ。僕に触られるのは嫌い？」

「……嫌じゃないけど、心臓に悪いわ」

「ふふ、照れた顔もかわいいね、桜は」

するりと頭を撫で、髪の毛をひと房持ち上げる。そのまま毛先を口もとに運び、彼はチュッとキスを落とした。

「……っ!?」

心臓がドクンと跳ねる。それでも、内心の動揺を必死に押し殺した。

地毛じゃなくてウィッグだけど、だからといって精神的にノーダメージなわけではない。

普通の兄妹関係がよくわからないが、これはアリなのかナシなのか。一般的にナシな気がするんだけど……。純日本人の顔をして、実は欧米人の血が入っているの？

でも待って。

褒めて髪チューという高度なテクニックは、私のリアクションを見るためにわざとしている可能性もある。今日一日で、この人が見た目通りの癒し系な美形ではないことは把握済みだ。

ならばこっちからも攻めてみればいい。逆に驚く顔が見られそうだし。

「ねえ、お兄ちゃん。お願いがあるの」

するりと、久遠寺さんの腰に腕を巻きつける。スキンシップ過多な兄妹なら、ハグもきっと日常的にしているはずだ。

「桜が僕にお願いごとなんて、一体なにかな？」

甘えた声を出した私に、久遠寺さんの声にも甘さが増した気がした。

彼の腰に緩く両腕を絡めていた私に対し、久遠寺さんは自身の腕をぎゅっと私の腰に巻きつけてくる。これではまるで、恋人同士がきつく抱きあっているような体勢だ。どう考えても、初対面の距離感ではない。

せめて、妙な緊張と色香にあてられて心臓がドキドキしていることだけは気づかれたくない。

腰は密着させたまま胸の間にスペースを作り、私は首をあげて久遠寺さんを見つめた。そして上目遣いで告げる。

「私のお見合い相手、そろそろ誰だか教えてくれない？　お見合いで結婚するつもりはないんだから、作戦練って断らないと。皆さん忙しい方でしょうし、早めに準備をしておけば安心よね」

この人の隣、心臓に悪い。

本題に入ってちゃっちゃと任務を完了させねば。

そんな私の内心を知ってか知らずか、久遠寺さんはまるで恋人を甘やかすような手つきで私を抱きしめては頭を撫でている。そして、頬に手を添えて微笑んだ。

「もちろん、準備はできているよ。桜の理想は恋愛結婚だもんね。僕の目が黒いうちは、大事な妹を家柄と地位しかとりえのない男になんて渡さないから安心して」

……いやいや、全然安心できないじゃん。

お兄さんの目が届かなかったから、桜さんは奔放な女性に成長した挙句、出来ちゃった結婚。しかも日本から遠く離れた外国の地で、国際結婚よ……

矛盾に内心首を振りつつも、まあ演技だからいいのかと無理やり自分を納得させた。

「ありがとう、お兄ちゃん。頼りにしてるわ」

だからそろそろ腕を離してくれませんかね。

にっこり微笑んだまま見つめ合う。

けれど久遠寺さんは、竜胆さんが呼びに来るまで一向に私を解放することなく、兄妹愛を発揮し続けたのだった。

第三章

――五条遊馬、二十五歳。

彼は久遠寺家と並ぶほどの旧家、五条家の一人息子で、容姿端麗、頭脳明晰と評判。

幼い頃から飛び級を繰り返し、十九歳の若さで英国の大学を卒業とのこと。

絵に描いたようなお坊ちゃままで、現在は五条家の子会社の部長職に就いている。御曹司であり未来の社長だ。

貴重な独身の超優良物件でありながら、未だ浮いた話はひとつもないという、今時珍しいお坊ちゃまである。

そんなイケメンがこちらを見すえて写っている貴重な写真が、今私の手もとにある。恐らく有名なプロのフォトグラファーによって撮影されたのであろう。けれど、きっと素人が撮っても、そのイケメン度は微塵も損なわれない。

きっちりセットされた黒髪に、きりっとした眉毛。強い光を放つ目が印象的な表情。自信も貫禄もあるこのオーラは、名前だけの御曹司ではまとえないだろう。

まさに俺様な御曹司っぽいなぁ～というのが、私の印象だ。

「五条家は代々製造業で財を成してきた一族です。その後エネルギー業界にも進出し、今では五条の名前をテレビのCMなどで耳にすることも多くなったことでしょう。そして、天然ガスや石油以外の新たなエネルギー開発の事業を任されているのが、この五条遊馬様です」

朝の紅茶を淹れ、久世さんが一人目の見合い相手について教えてくれた。セイロンティーを味わいつつ、久世さんの説明に耳を傾ける。

ただいまの時刻は午前八時。この屋敷の朝食タイムである。

怒涛の流れで久遠寺家にお世話になることになってから、まだ一日しか経過していない。

目まぐるしい変化に早く慣れねばと、今朝は五時起きで桜お嬢様仕様に変身した。……単純に、豪華すぎる部屋で眠れなかっただけだが。

そうして、現在お屋敷のダイニングルームにて、使用人の方々が用意してくれた朝食をいただいている。

香り豊かな紅茶を堪能しながら、サクサクのクロワッサンとスパニッシュ風オムレツ、サラダにウィンナー、そして最後にフルーツまで完食したところで、この家の次期当主である久遠寺さんが登場した。

「おはようございます、椿様」

「おはよう、久世。桜も、昨日はよく眠れた？」

ここで更紗ならば大人の対応を選び、よく眠れたと答えるだろう。けれど本物の桜さんならば、本音を言って甘えるのではないか。

スキンシップ過多で、年の離れた妹を溺愛しているようにも見えるけど、でもその割には彼女を連れ戻そうと実力行使したりしないし、どこかあっさりしている。そんな腹の内が見えないお兄様相手に、私はにっこり笑顔を振りまいた。

「あまり。なんだか枕が変わったからか落ち着かなくって、早起きしちゃったわ」

「睡眠不足は辛いだろう、昼間はゆっくりしていなさい。ああ、桜専用の枕を作ろうか。

久世、寝具店を呼んでくれ」

「かしこまりました、椿様」

私があまり考えずに発言したせいで、オーダーメイドの枕を強請(ねだ)ったことになっている。

内心ギョッとするが、どこからどこまでが彼の本心で兄心なのかわからない。

久遠寺さんは、ふとした会話を通して、相手を見極めるテストをしている気がする。

私が信用に足る人物か、ずっとはかられているような……多分気のせいではない。

警戒心を抱きつつも、本物の兄妹のように振る舞う。

肩をおとしそうになるのをこらえて、私はいささか傲慢(ごうまん)なお嬢様の口調を意識して言った。

「結構よ、お兄様。そんなに甘やかさないでちょうだい。久世には私の枕なんかより、もっと大事な仕事をしてもらっている最中なんだから」

「そうなのかい？」

「ええ、五条さんについて聞いていたのよ」

「ああ、五条遊馬君か」

そう呟(つぶや)きながら、久遠寺さんは私の向かい側の席に座る。すかさず久世さんが給仕にまわった。流れるような動きで、コーヒーやプレートが並べられていく。プロフェッショナルだわとつい見入ってしまった。

朝だからか、久遠寺さんは少し気だるげな雰囲気を醸しつつも妙な色気をまき散らしている。彼がブラックコーヒーを一口啜った。

「私のお見合い相手第一号が五条家のお坊ちゃんだなんて、いきなり鯛を釣り上げた気分だわ」

「鯛よりも高級な魚はたくさんいるよ。海は広いからね」

「それを言うなら世界は広いでしょ。五条家の跡継ぎを鯛扱いはひどいわよ」

「桜が言い出したんじゃないか」

こんな軽口が叩けるなんて、少しは兄妹らしくなってきたんじゃない？

くすくす笑う久遠寺さんの表情は柔らかい。心を開いてくれている気がする。

が、油断をすると足をすくわれそうだ。気をつけねば。

「ひとつ言っておくが、僕は遊馬君を嫌いじゃないよ。彼はいい子だ。まっすぐな気質で、染まりきってなくて、すごいなって感心する」

「染まりきる……？」

「人が持つ毒にね」

カップに唇をつけているのに、何故だか久遠寺さんが微笑んだように見えた。

上流階級の人たちが集まる場で、心無い噂や陰口が叩かれることもあるのだろう。つまり、そういう嫌なものと触れる機会が多かった環境にしては、すれていないという意味か。

深く考えるのを放棄して、私は一言「貴重な存在じゃない」と返した。

見合い相手に深く関わるのは危険だ。最低限知っておく必要がある情報だけを入手して、あとはあたりさわりなく接しておいたほうがいい。

「お兄ちゃんは彼と面識があるのね」

「うちは彼の会社に出資をしているからね」

「あら、そうだったかしら」

久遠寺家、おそるべし。いったいどこまで手を広げているのか、先にそっちをリサーチしておくべきだった……

私の反応を気にした様子はなく、久遠寺さんはサラダとクロワッサンをつまんでいる。クロワッサンを食べる姿も絵になる和風美男子……と思ったところで、思い出した。

「そうだわ、久世。ちょっとほしいものがあるんだけど」

「はい、桜様。なんなりとお申し付けください」

年上の男性を呼び捨てにすることに心が痛むが、これにも早く慣れねば。

私はヘアカラーのカラーリング剤と書いておいたメモを手渡した。

「より兄妹らしさを出すためにも、髪の毛を黒く染め直そうと思って」

その言葉に反応したのは、何故か久遠寺さんだった。

「そのほうがいいならもちろんいいよ。でも市販のカラーリング剤で染めるのはダメだ」

「え？　何故」

普段からそうしているのに、どうしてダメなのか。疑問を口にする私に、久遠寺さんはあっさり告げる。

「専属のヘアアーティストがいるから、今日来てくれるか聞いてみよう。久世、確認できるか？」

「かしこまりました」

一礼し、久世さんは退室された。

ぽかんとしたまま、今言われたことを反芻する。

「……専属のヘアアーティストなんていたかしら……？」

「もちろん。ヘアサロンに直接行ってもいいけどね、面倒だろう？」

普通の人はお店に行くのを面倒がらないと思うが……。この場合は、誰かに見られる可能性があるから面倒だろう？　という意味か。

確かに、人目は避けたほうがいい。

きっと久遠寺邸には、デパートの外商がやって来るのだろう。そしてそれが普通のこと。久遠寺さんのお召し物は、オートクチュールに違いない。

「まあ、楽しみ。予定が空いてればいいわね」

棒読みにならずに済んだのは、私の女優としてのプライドと根性から。動揺なんて見せたらそこを突かれそうで怖いわ。

和(なご)やかなのかよくわからない空気のまま、本日の予定が埋まっていく。

今日はゆっくり過ごしていいと言われた通り、屋敷の中でできる仕事に専念することになった。つまり、本物の桜お嬢様についての情報収集と、彼女のバックグラウンドを細かく知ること。

公(おおやけ)にしている趣味や過去について、ある程度自分のものにしておかなければボロが出る。

「ねえお兄ちゃん、嘘を本物にしてみせる方法ってご存知？」

いちごをぱくりと食べた久遠寺さんに問いかける。なぞなぞのような質問に、彼は咀嚼(そしゃく)しながらおっとりと首を傾げた。

「そうだね、人は自己暗示で記憶を捏造(ねつぞう)できる生き物だから、嘘も強く願えば本物と遜色(そんしょく)ないようになるんじゃないかな。貫(つらぬ)き通せば真実に変わる」

洗脳でもいいと言いきった。にこにこしながら、なかなか容赦ないことを仰(おっしゃ)る。

一見穏やかでおっとりした育ちのいい美形なのに、やはりお腹は黒いな……と改めて感じながら、私も顔色を変えずに微笑んでみせた。

「私も、貫き通せば嘘も真と変わらないと思うわ。では、嘘を見破られない方法は？」

「真実を知っている人間を近寄らせず、何事にも動揺しない精神力をもつこと、かな」

「精神力は確かに大事。先ほどお兄ちゃんが言っていたように、自己暗示も。でももっと自然に嘘をつくなら、嘘と本物をまぜてしまえばいいの。そうすれば、人はとても簡単に嘘がつけるわ」

「なるほど？」

一からまったくの別人格を作るのは無理がある。けれどベースが素の自分で、そこに他人の情報をまぜるなら、無理なく嘘がつける。

そして質問や会話にも、嘘はつかない、けれど真実も言わない、そんな方法だってあるのだ。

「私は桜お嬢様にはなれるけれど、桜本人にはならない。私があなたの知る本物の桜をもとに、新しい桜になることを、改めて許可していただけるかしら？」

桜お嬢様が持つ知識をすべて私のものにすることは不可能だ。必要なものや、ある程度の知識は把握しておくが、完全なコピーは無理。

別人を演じるとき、無理のない範囲でと強調しておいたほうが、お互いにトラブルが減るものだ。

「もちろん、君には桜本人になってもらおうだなんて考えていない。あくまでも桜だと、相手に信じ込まれればそれでいい。君と本物の桜が融合した、第三の新しい桜として、僕たちも接しよう」

肯定的な言葉に、少しだけ不安が払拭される。

外国育ちの奔放なお嬢様なのに、深窓の令嬢と思わせるのも相当な詐欺だが、中身が純日本育ちの更紗なのに外国人の感性を持っているふりをしろと言われるのも、相当な無茶ぶりだ。

ひとまず時間をかけて、第三の人格を作り上げることが第一の課題かしら。

屋敷の人たちにも、これが桜だ、と覚えてもらわなくては。

食後にコーヒーをいただき、ゆっくりとミルクを注ぐ。彼らの前でコーヒーにミルクを注ぐのも、新たな桜お嬢様の好みを見せているのだ。

案の定、僅かな間だが視線が手もとに集まった。

「それで桜、遊馬君の攻略方法はなにか思いついた？」

「攻略してしまったらまずいけど、話を聞いていると、彼は桜さんに対して、大和撫子のお嬢様像を抱いているようね。そこに好感を持っているみたい。病弱で穢れを知らないお嬢様、というのが五条さんの理想なら、その正反対な人になればすぐに振られると思うけど……」

まあそうすると、久遠寺家の品位も下がるだろう。あくまでも、穏便に、先方からお見合いを断らせるのだ。

「女性の本性を知らない純粋培養のお坊ちゃま、というのが私の印象なので、無難なのは私に好きな男性か思い合っている方がいると思いこませることだと思うわ」

「純粋培養のお坊ちゃま、というのは的を射ているね。彼は真面目すぎて、女性に慣れていない」

イケメンなのに……。どうやって育ったのだろう。

肉食女子に狙われずに生きてきたのかどうかは謎だが、彼もまたお付きの人によって守られていたのかもしれない。久遠寺さんのところでいう、竜胆さんみたいな方に。

「でもね、桜。彼は意外と情熱的で直球な男だと思うよ。もし仮に君が好きな男がいると言って断ろうとしたら、彼は『どんな男なんだ、会わせてほしい』と言うかもしれない。そう言われたらどうするの？　君の心を奪いたい、いや奪ってみせると言い出す可能性だってゼロではないよ」

う……。そういう情熱的なタイプだったら面倒だな……。

偽物の恋人がいるという設定は、リスクが高いから却下だ。嘘を重ねるのは諸刃の剣。相手が引き下がる可能性は上がるけど、偽者だとバレる可能性も上がる。

となると、相手の苦手な女性を演じるのが手っ取り早い。そしてまだ結婚なんて考えられない、とでも言ってしまったほうが断りやすそうだ。

「大人しく大和撫子な女性が彼の理想ならば、苦手な女性を演じて嫌われればいいのよね？」

「あくまでも常識の範囲内でね」

自由奔放でお嬢様の規格外だったご本人のようにはなるなと。

「プライドが高く傲慢で我儘な女王様と、そんな妹に振り回されるお兄様というのは？」

「おもしろそうだからいいよ」

それはいいのか。

笑みを浮かべたままのんびりと返した久遠寺さんは、実に雅やか。この方の恋人になるには、相当自分に自信がないとダメそうだ。隣を歩くことすらできないだろう。普通の人では、彼に釣り合わないとみなされること間違いなしだ。

それはともかく、我儘で高飛車なお嬢様のほうが演じやすいといえば演じやすい。でも本物の桜お嬢様を貶める行為は避けたいので、もう少し考えさせてと告げた。

「家格はうちのほうが上だから、細かいしがらみは気にしなくても大丈夫」

付け足すように言われた台詞に頷き返す。

「それで、肝心のお見合いの日程はいつなの？」

「竜胆、いつだったっけ？」

扉付近に控えていた竜胆さんは、爽（さわ）やかな声で「今週の土曜日です」と告げた。

「え、え？　今週の土曜日⁉」

今日は火曜日だから、準備期間はあと三日しかない。随分（ずいぶん）と性急な日程だ。

「土曜日のお昼にしか空き時間がないとの言伝（ことづて）を預かっております。お見合いといっても当人同士の顔合わせだけですので、堅苦しさはないかと」

「僕は桜の付き添いで同行するから心配しないで」

「ありがとう、お兄ちゃん」

フォロー役がいることに少し安堵（あんど）する。

わからない質問をされても、久遠寺さんに投げればやり過ごせるだろう。それに本物の兄妹のように接していれば、相手は私を桜お嬢様と疑わないはずだ。

そして今回予定されているお見合いは、本格的なものではないらしい。相手のご両親が列席するようなものではなくてよかったと、胸をなでおろす。

が、ここですっかり忘れていた肝心なことに気づいた。

「そういえば……、お父様とお母様は？　どちらにいるの？」

久遠寺家の当主夫妻の姿を見掛けていない。

忙しいのだろうから、屋敷を不在にしていることも多いのかも。それでも、不審な女が入り込んでいると思われるのはまずい。

そもそも、彼らが私のことを納得しているのかもわからない。久世さんたちが協力していることを考えると、一応の許可はあるのだろうが。

「二人は先月から、クルーズでの世界一周旅行に出ているよ。今頃はモナコかな」

なんという優雅なセレブ……

クルーズ船で世界一周旅行なんて、平凡な家庭に育った私にはなかなか想像がつかない。

あ、それなら桜お嬢様の顔を見に寄るのだろうか？

そんな表情が浮かんでいたのだろうか。

「今のところキュラソー島に行く予定はないようだけど」

久遠寺さんがそう付け加えた。

「あら、そうなの？　近くまで行ったのなら寄っていけばいいのにね」

「多分母さんはそう言いだすだろうけどね。今はまだ、父さんの気持ちの整理がついていないと思うよ」

なるほど。父心というのは複雑なのだろう。

「それと、桜の代役の件は、両親もちゃんと了承しているから大丈夫」

「そうなんですね。わかりました」

久遠寺家のご夫妻については、心配しなくてよさそうだ。お会いすることもないようで、内心肩の力が抜ける。やはり緊張感が違うと思うし、仕事とはいえ気まずい思いをするのはできれば避けたかったから。

ということは、私が桜お嬢様役を演じることを知っているのは、日本では、この屋敷にいるメンバーのみか。これ以上誰かを巻き込むことはないなら、さっさと本格的に役作りを完了せねば。

ふと気づくと、いつの間にか久世さんが戻ってきていた。音、しなかったよね……。部屋に入ってきたのが全然わからなかった。

「それで、出張美容師さんには今日来ていただけるのかしら？」

内心の驚きを顔に出さないようにしながら久世さんに顔を向けると、にっこり微笑みかけられた。

「本日の十時半頃にお越しになるとのことです。スケジュールが空いていてよかったですね」

「ありがとう、久世」

仕事が早いな……。

「ほかに必要なものがありましたら、なんなりとお申し付けください」

お金持ちの方がお金持ちな理由が少し見えた気がする。行動力というのは大事だ。

そうして、私は久遠寺家の美容師とお会いすることになった。

「……あの、私カラーリングをお願いしたはずじゃ？」

「それは後よ。あなたいろいろとやりがいがあるわねぇ」

予定通りに訪れた美容師に髪の毛を黒く染めてもらおうと思っていたのだが、着替えを命じられ、あれよあれよという間に私はベッドに仰向(あおむ)けに寝かされている。

押しの強さに、疑問を口にすることも拒否することもできなかった……

これっていわゆる全身エステではないだろうか。

私の前にいるこの方は、数々のセレブの顧客を抱えるＲｉｓｅ(リセ)さん。恐らく四十歳を超えているだろうが、肌年齢は二十代でも通るのではと思うほどだ。

美容師だと思っていたのだが、エステティシャンでもありネイリストでもあるという。まるで美の伝道師。

そのＲｉｓｅさんが助手を二名連れてお屋敷にやって来て、私はまず、紙のパンツに着替えさせられた。そしてバスローブをまとい、あられもない姿を披露してからかれこれ一時間強。

はじめに、身体全体をリンパマッサージ。ついでリフレクソロジーにセルライトの揉みほぐし。そしてややぐったり気味のまま、顔のお手入れをされている。

朝、桜お嬢様として作った顔は、綺麗に化粧を落とされていた。

すっかり更紗に戻っているのだが、そこには触れない。桜お嬢様本人を知っているので、私が偽物だと当然わかっているのに、なにも言わないのだ。

というかそもそもこの方は、私を名前で呼ぶこともなく無駄話もしない。てきぱきと手だけを動かし、プロフェッショナルに仕事をこなす美魔女だ。

全身をタオルで包まれて、デコルテまでを晒した状態で横たわる私。

羞恥心はさきほどありとあらゆるところを揉まれたためもう感じることすらない。多分今はもう、放心状態なのだろう。

ＢＧＭでかかっているリラックス効果のある波の音と鳥のさえずりを聞きながら、顔全体の角質を落とすクリームを塗られる。顎と眉間、小鼻を念入りにこすられた。

ぽろぽろと、顔に塗ったクリームとともに角質が落ちていく感触がある。

一回いくらかなんて確認するのも怖いけど、ぷるぷるしたパックを塗られて頭までマッサージされるこのエステは、本当に気持ちいい。意識が落ちてしまっても仕方ないだろう。

ゴールドのパックで肌をつるつるにされた後、ようやくバスローブを着て椅子に座ることができた。

ここからやっと、目的だったヘアカラーリングだ。

だが鏡に映った自分を見た瞬間、思わず目が釘付けになる。

「肌がワントーン明るい……くすみが消えてる」

恐る恐る頬に触れた。

ぷるんと弾力のある潤い肌に仕上がっていて、感動のあまり声を失う。

「お気に召してよかったわ。念入りに角質を除去して肌に栄養を与えたのよ。化粧のノリが違うはず」

肌への栄養なんて今まできちんと考えたことがなかった。けれど、手をかけるとここまで視覚的な変化があるのか……

ドラッグストアなどで売ってる、三十枚千円のオールインワンパックで肌のお手入れを終えた気でいた私だが、もう少ししたほうがいいかも。せめて水分補給はきちんとしよう。

私がひっそりと反省をしている間にも毛先がカットされ、黒く染まっていく。

ずっと茶色やこげ茶だったから、黒という色は十代のころ以来かも。久しぶりすぎて新鮮だ。

さらに数年ぶりに前髪も作られる。もはやすべてお任せ状態。

一応、最初にリクエストはしている。いいところのお坊ちゃんに好まれるような髪型で、と。別名、清潔感のあるお嬢様風。

昨今の人気ドラマに出て来るセレブなお嬢様がイメージだろうか。

髪もしっかりトリートメントをしてもらい、仕上げにブローで整える。

鏡に映る髪型は、ストレートでとても綺麗な形。パーティーなどでは巻き髪にしたら、華やかに見えそうだ。胸の上で揺れるナチュラルな巻き髪って、男性に好まれそうだよね。

「メイクを落とす前のような化粧が、桜お嬢様の仮面ってわけね」

「どこか不自然でしたか？」

プロに率直に尋ねる。

彼女は潤（うるお）いたっぷりの唇を開いた。

「いいえ、綺麗に化けていたわよ。派手すぎないのに別人に見えるほどしっかりメイクしているなんて、殿方にはわからないでしょうね」

いわゆるちゃんとしたナチュラルメイクが一番時間がかかるのだ。

ナチュラルに見えるようにメイクしているのだから、むしろメイクのテクニックも高度。日焼け止めを塗って眉毛を描いただけの本当のナチュラルメイクとは比較にならない。

「私のポイントは、久遠寺さんに少し似せることですね。私たち、兄妹なので」

久遠寺さんのおっとりした雅な雰囲気を出すために、目じりに部分用つけまつ毛をつけて、気持ちタレ目メイクに。アイシャドウはエレガントさを重視して、リキッドアイシャドウを使い艶感をプラスする。

桜お嬢様としてのこだわりを伝えて、その先は相談しながらメイクをしてもらう。

そうしてしっくりくる桜お嬢様が完成した。

ちなみにその間に、助手の方たちにネイルを施された。上品で美しいネイルアートは、見ているだけでテンションが上がる。

そしてこれまた仕事の速い久遠寺家の皆さんがそろえてくれたワンピースに袖を通すと、自分でもはっと驚くほどのお嬢様が完成した。

お前は誰だと突っ込みたくなりつつ、これが完成形の桜お嬢様だと納得がいく。思わず鏡の中の自分に、おしとやかな笑みを作ってみた。

「微笑みひとつで男を虜にできそう……すごい」

「そうでしょう〜！　いい仕事したわ〜。さすが私！」

「お疲れ様でございます、素敵です」

助手の方々にも褒められた。この方の素晴らしい腕前プラス出張サービスで、いったいトータルいくらなのか……

考えてはいけない。

「さあ、お披露目といこうじゃないの、お嬢様」

茶目っ気を含んだウィンクをされる。美女がすると恰好いいのは何故だろう。

「ありがとうございました、Ｒｉｓｅさん。なんだか生まれ変わったみたい」

「そのつもりで仕事をしたんだから、そう思ってくれなくっちゃ、やりがいがないわ～」

自信満々の台詞にくすりと笑ってしまう。

気づけば、時刻はとっくにお昼を過ぎている。三時間以上かかっていたらしい。美の道ってすごい。するほうも体力勝負だわ……

施術室に使っていた部屋を出て、応接間に向かった。

「桜、終わったの？」

仕事中だろうか。久遠寺さんがパソコンを開いている姿をはじめて目にした。

立ち上がった久遠寺さんに、Ｒｉｓｅさんが尋ねる。

「なにやら楽しそうなことをされているのね。プリティーウーマンごっこかしら？　私もまぜてくれるなんて光栄よ」

「それはよかった。頼りにしてますよ」

「これでも忙しくて月の半分は日本にいないんだから、次からは早めに予定を教えてくれないと困るわよ。彼女、とても磨き甲斐があるの。素材を活かしつつ、目的を間違えないところもいいわ。きちんと己の美しさと武器を把握している女性は好きよ」

自分の外見について好きなところを理解しているということは、逆に欠点も知っているということだ。

仕事柄、自分の顔の特徴を把握する必要があるので、私は役作りをする際、じっと自分の顔を見つめる。少し低い鼻や高さが若干違う眉、それに富士額。これらはあまり好きではない。けれど、好きじゃないというのと、それを知らないことは別だ。特徴を把握したうえで、どうすれば演じる対象になれるのかを考えることが重要になる。

今回は、和風美男子の久遠寺さんのイメージに近くなることが目的だった。

髪の毛を黒く染めて艶のあるストレートになっただけで、隣に立つとぐっと血縁関係を感じられるようになる。

「お疲れ様、桜。Ｍｓ．Ｒｉｓｅの施術はどうだった？」

「すごいとしか言いようがないわ……。いい刺激になったし、勉強にもなりました」

感謝を込めてお礼を告げた。

「さて、それではまたごひいきに」

颯爽と帰っていく姿も凛々しくて恰好いい。見送りながら、しみじみ素敵な人だったと思う。

「お腹がすきましたでしょう、昼食のご用意ができております」

「ありがとう、竜胆」

昼食を食べにダイニングルームへ向かうと、ささやかなサプライズが用意されていた。テーブルセッティングされた席に案内された瞬間、「これただのランチじゃないわ……」と直感で悟る。

「一般的なテーブルマナーの知識はおありですね」

久世さんがにこやかに言う。一瞬心臓がドキッとするが、私は淑女らしい会釈を返した。

竜胆さんに昼食の用意と聞いて少しウキウキした気分になっていたのは、朝ごはんがとってもおいしかったから。

久遠寺家のお抱えシェフが作る料理は、どれもうっとりするほど上品で繊細。まだ二食しか食べていないが、次になにが出て来るのか楽しみになるほど絶品なのだ。特に手作りのラヴィオリは、思わずお代わりしたくなるほどだった。またぜひ食べたい。

しかし、気楽に食事を楽しむ時間は早くも終了していたらしい。

着席前、竜胆さんがすっと私の椅子を引いた。椅子の左側から着席すると、久遠寺さんが向かい側の席に腰をかける。さすが、レディーファーストだわ。

過去に何度かこういう場面に遭遇したときのことを思い出す。

「もうお昼過ぎだし、お腹減ってるだろう?」

久遠寺さんはもう昼食を食べ終わっているのか、久世さんにコーヒーを頼んだ。

「お見合いは立食ではないから好きに食べて、と言いたいところだけど、そうもいかない。桜がどの程度テーブルマナーに精通しているか見せてもらいたくてね」

　さようでございますか……

ようは抜き打ちテストということだ。

「一般的な知識と教養しかないとだけ伝えておくわ」

「多分それで大丈夫だよ。なにか気になることがあれば久世が教えてくれるから」

「よろしくお願いいたします、桜様」

恭しく頭を下げた久世さんに、私も「こちらこそ」と返す。

内心で、やっぱりそうきたか……と思いながら。

昨日と今日で、彼らの行動パターンが把握できた。二人は、私に前もって相談なんてしない。行動力に溢れた茶目っ気のある方たちは、見た目の優雅さや浮世離れした雰囲気とは裏腹に、なかなかに体育会系である。

ダイニングテーブルの上に、私には発音できそうにない呪文料理が次々に並べられる。

細かくしたアボカドとサーモンをディルソースで和えて、ポーチドエッグを載せたオシャレな前菜から始まり、その次に綺麗なオレンジ色をしたビスク。続いてキャビアが載ったガレットに、メインはオマールエビのクリームソースがけ。

最後は桃のコンポートのデザートまでついていた。

「さあ、リラックスして好きに食べて？」

穏やかに告げられたが、こんなに見られていてはリラックスなんてできないって……

ナプキンを膝に置いて、いくつも並べられているカトラリーの中から外側のものを選び、ナイフとフォークを使って前菜（ぜんさい）に口をつける。

極力音を立てずにビスクまでいただくと、それだけで満足感が得られた。ビスクも濃厚な味わいで大変美味でした。

グラスに注（つ）がれたお水を一口飲み、膝に載せたナプキンで軽く口を拭（ぬぐ）う。

「洋食は食べなれていらっしゃいますね」

「ええ、それなりに」

だてに二十七年も生きていない。

基本的なマナーは問題なさそうとの言葉をいただき、ほんの少し肩から力が抜けたのだが……、まだメインが残っている。

しかもこのメイン料理は少々食べにくそうだ。

スープやサラダまでは比較的食べやすいが、メインに使われているエビなどの甲殻類（こうかくるい）を人前で食べるのってちょっと自信がない。

まだカニじゃないだけマシかも？　と思うけど、そもそも洋食でカニを丸ごと使った料理ってあまり見ない気がする。

「もくもくと食べているけれど、お料理は会話を楽しみながら食べるものだと忘れてはいけないよ」

「あら、私ったら。おいしくてつい」

にっこりと笑みを返すが、この空気の中でなにを話せと……

殻の中におさめたままエビの身を、ナイフで一口サイズに切る。プリッとしたエビは難なく切れた。食事中も会話ができるように、すぐに呑み込める一口サイズを意識して味わっているのだけど、そろそろ沈黙が辛い。

なにか会話は……

私は自分から今後の予定を尋ねることにした。

「それで、五条さんとお会いする場所はもう決まっているの？　土曜のお昼よね」

「候補はいくつかあるけど、まだ確定はしてないかな。桜はなにが食べたい？」

私が食べたいものを基準に選ばれるのだろうか。和食なら懐石料理屋さんみたいな？

「人目が気にならない場所ならあえてこだわりはないわ」

「それはもちろん。僕の桜をあまり人目に触れさせることはしないよ」

自然と甘い台詞を吐かれた。きっとからかい半分、シスコン半分だろう。

妹想いの兄を演じなければ、私にくっついて五条さんとの見合いについてくる言い訳にならない。

過保護な兄が今回の彼の役どころ、と納得する。私にとっても心強いし。

「それはよかった。それで、土曜日までの過ごし方だけど、お兄ちゃんのことだからなにか考えがあるんでしょう？」

付け焼き刃でもいいからと、桜お嬢様の基礎知識を叩き込まれるのだろうか。

お見合いともなれば、子供の頃から外国の学校に通っていた彼女の経歴や趣味の話は絶対に聞かれる。突っ込んだ質問をされる前に、できれば嫌われるか撤退するかしたいけれど、そううまくいくかはわからないのだから。

そもそも、桜さんの趣味ってなんだろう？

私の好きなものをそのまま答えていいなら気が楽だが。

「いろいろ考えてるけど、まずは僕たち兄妹の親交をもっと深めた方がいいと思うんだ。誰が見ても本物の兄妹だと思われるように」

「……あら、それなりに兄妹に見えると思うけど」

「まだまだだよ。だって桜は僕の好きなものや嫌いなもの、なにも知らないだろ？　僕だって、桜が好きなものを知らなければ、フォローのしようがない。なにを聞いたらいいかもわからないし」

その発言はご尤（もっと）もで。

本物の兄妹ならある程度相手の好みを知っているし、共通の思い出だってあるはずだ。離れて過ごしていた時間が長いとはいえ、まったく会わなかったわけではないんだし。

「その通りね。まだまだリサーチが不十分だから、たくさん情報を仕入れておかないと」

「うん、だから明日はお出かけしようか」

「え？」

「相手の一面を知るなら、外に出たほうがいい。この屋敷の中だけでは、限られてしまうし」

十分な広さがある屋敷の中でも、お互いのことを知り合えると思うんだけど。いや、もしかしてインドアに見えて旅行好きな桜さんは、出かけることのほうが好きなのかもしれない。それであえての外出チョイスか。

「別にわざわざ出かけなくても、そこまでしなくてもいいように思う。だけど、私は大丈夫よ。それにお兄ちゃん、仕事はどうするの？」

パソコンを開いていたから、多分なにかしら仕事はしているのだろう。ただ、この人が普通のサラリーマンをしているとは思えない……

「明日は午前中定例会議があるから会社に出社するけど、午後には時間が空くから大丈夫」

比較的自由に仕事ができるってすごいな……

メールチェックも、一度は秘書が目を通しているらしい。

自宅でできる仕事が多く、フレキシブルに働いているのだとか。

あらためて、久遠寺さんに彼の仕事について聞いてみる。

彼は、久遠寺財閥の中枢を担う会社の役員で、中高一貫の私立学園の理事長で、若手芸術家を支援する財団の理事で、美術館の館長でもあるそうだ。

聞けば聞くほどハイスペックすぎる。

そんな彼が一番熱心に取り組んでいるのは、芸術家の支援だそうだ。

久遠寺家が主催するコンテストを年に一度行い、海外への留学もサポートしている。

また、美術館に誰でもアートを展示できる場を設けて、応募したらその期間だけ場所を借りることができるシステムもつくっているそうだ。

一週間でいくつかの職場を回っているため忙しいはずなのに、本来持っている気質のせいか、忙しなさをまったく感じない。おっとりゆったりとした物腰が、浮世離れしているためだろう。

「まあとにかく、明日の午後は外出できるから。動物園にでも行ってみようか」

「何故わざわざ動物園に……」

あ、心の声が漏れてしまった。今のは完全に素だ。こほん、と小さく咳払いをして久遠寺さんに問いかけなおす。

「お兄ちゃんって、動物園が好きだったっけ？」

「特には。ただ、普通なら子供の頃一度は行ったことがあるだろう動物園に、僕は桜と行けなかったなと思い出してね」

年の離れた妹さんだし、病弱だったのなら仕方ない。

私も、動物園には幼稚園児の頃一度だけ連れて行ってもらった記憶がある。その頃は父がまだ生きていて、家族三人で出かけられることがうれしかった。

懐かしい記憶は遠すぎて、とてもあいまいだ。幼かったがゆえに、記憶の中の父が笑う顔はぼやけていて思い出せない。

実父が亡くなるまでの温かな記憶は、ほっこりと切なさがまざっている。

表情を崩したつもりはなかったけれど、私からなにかを感じ取ったのだろう。

「ほかに行きたいところがあればそちらにしようか」

久遠寺さんがそう提案した。

いえ、別にかまわない――と言いそうになって、口をつぐむ。

更紗としての感情が動いてしまいそうな場所には、あまり行かないほうがいいかもしれない。私が桜でいられなくなるかもしれないから。それはプロとしてあまりに未熟で、そんな自分を知るのは少しこたえる。

私は小さく笑い、兄を見る眼差しを久遠寺さんに向けた。

「私、動物園より観覧車に乗りたいわ。綺麗な夜景が展望できるような大きな観覧車」

「そうか、それはまたロマンティックだね。いいよ、桜が好きなところに行こう」

観覧車なら横浜もいいね、と久遠寺さんが呟いた。確かに横浜には大きな観覧車がある。行ったことはないけど。

「さて、僕はそろそろ出かけるから、桜の予定は久世に聞いてね」

「わかったわ」

いつの間にか、竜胆さんがスーツのジャケットを持ち久遠寺さんに着せている。主の予定と動きをきちんと見ていなければタイミングが合わないだろう。縁の下の力持ちをされる方たちって素直に尊敬する。

「仕事？　行ってらっしゃい。気をつけてね」

立ち上がり久遠寺さんに声をかけた。彼は僅かに目を瞠り、一、二度瞬きをする。

「うん、気をつけて行ってくるよ」

そして、ふわりと相好を崩して、私の頭に手を乗せる。

頭頂部をすっぽり覆う大きな手の温もりに、何故だか少しドキッとした。

そのまま手は私の髪を撫でてゆっくりと下がり、指先が頬に触れる。奇妙な緊張感を孕んだ沈黙が数秒続く。久遠寺さんは目を細めて、私の唇の端をそっと拭った。

唐突な行動に、私の身体が硬直する。

「ソース、ついてたよ」

「……え？」

久遠寺さんの指先に付着したものは、メイン料理についていたクリームソースだろうか。

先ほど感じた妙な空気は消えたが、その代わりぺろりとその指を舐めたイケメンを直視するという謎の羞恥プレイを味わう羽目になった。

「隙だらけで困ったものだねぇ……。お兄ちゃんは心配だ」

どこまでが本気でどこまでが冗談なのかわからない台詞を言いながら、ダイニングルームを出て行く。

そして、見送りは不要だと言い残し、久遠寺さんは竜胆さんと屋敷を後にした。

残された私は、非常にいたたまれない……

とりあえず先ほど使用していたナプキンで口もとを拭い水を飲んでいると、久世さんがにこやかに言った。

「まずは席におかけになって、こちらの用紙に記入をお願いいたします。わたくしどもがより桜様を知るためのアンケート調査、とでも思っていただいて結構ですので。できるだけ無理のない範囲でお答えください」

替えの紅茶をお持ちします、と言い残して、久世さんは一礼するとダイニングルームを出て行った。

食器が片付けられたテーブルに、アンケート用紙とペンが一本。

問題はその量だ。アンケート用紙は、一枚どころではなかった。十枚近くある。

「書く欄も必要だからページ数がかさむのは仕方ないんだけど……」

Ｙｅｓ・Ｎｏの質問から選択式のもの、意見を述べるタイプのものもある。内容は私の生活習慣、それこそ朝型か夜型かといったことから、趣味に性格診断まで。

もしかして心理テストだったりして……とひやひやするが、考えても仕方ない。まあ、無理のない範囲で答えろということは、桜お嬢様を演じるにあたってどこまでを想定しているかを知りたいのだろう。

食べ物関係や趣味は私のものを書いたほうがいい。知らないものを知っているという虚偽の申告は、トラブル防止のためにも避けたいしと、できる限り誠実に回答していった。

「好きな映画のジャンルにタイトルを三つ……。好きな映画はたくさんあるのよね……。これ、各ジャンルで三つずつなら悩まないんだけど」

特技の欄には「涙を自由に操れる。目薬いらず」と少し女優らしいことを記入しておいた。あとは、記憶力がいいことも。台本など一、二回目を通してストーリーの流れを掴めば、自分の台詞はすぐに覚えられる。

「お茶をお持ちしました」

久世さんが新しいカップに紅茶を注いでくれる。香り豊かなロイヤルミルクティーだ。

「ありがとう、久世。これ書き終えたら、どこに置いておけばいいかしら？」

「それでは終わりましたら、こちらのベルを鳴らしてください」

トレイの上に置かれていた金色のベルを手渡される。

こんなのドラマの中だけじゃないんだ、とまじまじと見つめてしまった。ベルに触ったのもはじめてかもしれない。

お礼を告げて、ひとりきりになった部屋で作業を続けた。

苦手なものには、嫌いな虫とカラオケ。音痴なので歌を歌いたくない。子供の頃に所属していた劇団で歌の稽古もさせられたが、あまり上達しなかった。周りのレベルが高すぎたため、早々に見切りをつけたともいえる。

「結婚相手の理想と条件……夢と現実は違うもんねぇ……」

まるで結婚相談所で問われるような質問に、思わず笑ってしまった。

これは私として書くのは間違っているから、桜さんとして書かねばならないと思うけど……

「誠実、健康、思いやり、とか？　優しさは大事だし、それにこれは誰にでも共通して言えることだから、どこもおかしくないよね」

私が最低限の条件としてあげるなら、きちんと定職に就いていて、生活やお金の価値観が同じで、ギャンブルなどしない、一人暮らし経験のある男性――つまりは家事能力アリな人。

だけど、こんなあまりにも庶民的な条件を、そもそも久遠寺家の令嬢は考えもしないだろう。家事を心配するような環境にもない。よって、私個人の願望など、書くのは無意味だ。

人として大事な心を持っていて、通じ合えるのが一番。

外見について欲を言うなら、二枚目より三枚目くらいの人がちょうどいい。

かっこよすぎる旦那さんなんて、浮気の心配とかトラブルが多そうだと考えるあたり、私の思考は現実的だなと思う。

「……ふう、終わった」

百問ほどのアンケートを書き終えるのに、一時間が経過していた。

時刻は十五時近い。

ポットに入ったお代わり用のミルクティーを注いで、一口飲んだ。ほんのりと甘いミルクティーは、冷めてもおいしい。

久世さんから渡されたベルをちりんちりんと鳴らす。
そんなに大きな音ではないが、遠くまで響くのだろうか？

少しして、久世さんが現れた。

「お疲れ様でした。なにかご不明な点などございませんでしたか？」

「特になにもなかったわ。こちらこそ、なにか気になることがあればいつでも聞いて」

久世さんは手持ちのファイルに、私が記入したアンケート用紙を保管した。

「それでは桜様はこちらへお越しください」

ダイニングルームを出て、廊下を移動する。

久遠寺邸はとても広い。開けてはいけない部屋がいくつもありそうだ。

高い天井や壁画がある、といったわけではないけれど、どことなくこのお屋敷は中世のヨーロッパを思わせる。ところどころに置かれている壺（つぼ）や廊下の壁にかかっている絵画は、きっとヨーロッパの美術館で展示される類（たぐい）のものだろう。

畏（おそ）れ多くて近寄れない……

「どうぞ、こちらにお入りください」

「ありがとう」

案内された先は、シアタールームだった。

ミニ映画館と呼べるほど広々としたその空間には、座り心地の良さそうなソファやひとり用のリクライニングチェアが、いくつか配置されている。

入って右側の壁には、何インチあるのかわからない大きなスクリーンがかけられていた。そして反対側には、バーカウンターが設置されている。

なんというオシャレ空間。

「ここはシアタールームかしら？」

そういえば久遠寺さんが、久世さんがすべて私のスケジュールを管理しているとか言っていたっけ。ここに案内されたということは、これから映画鑑賞するとか？

「はい、こちらは旦那様のこだわりのシアタールームでございます。リラックスができるよう、居心地の良さを追求した造りになっております。あちらにあるバーカウンターでお酒を召し上がりながら映画鑑賞を楽しめますし、また、向こう側の扉から図書室にも移動できます」

「シアタールームの隣に図書室？」

「防音完備の部屋でございますので、音漏れはございません。中へ案内いたしましょう」

さすがセレブのお屋敷。

防音対策が施(ほどこ)されているシアタールームに図書室って。

久世さんに連れられて隣室の扉を開けたら、まさしく学校の図書室、といった光景が広がっていた。

久遠寺さんのお部屋にも本が多かったけど、ここの比ではない。

本棚に囲まれた空間。小さめの窓は本が傷まないよう、日の光の入り方も計算されているのだろう。

スライド式になっていて動かせる本棚には、一体何冊蔵書が収められているのか見当もつかない。

「読書家なのね」

「桜様はどのような本をお読みになるのですか？」

「そうね、ファッション誌が多いかしら」

にっこり笑顔で返す。確かアンケートにもそう書いたから。

実際の更紗が読むのは、仕事で使う実用書などが多い。依頼される役によって必要な知識は異なるから、結構雑多なジャンルの本が私の本棚には並んでいる。

「さようでございますか。それでは最新のファッション誌をご用意いたしましょう」

「まあ、ありがとう。うれしいわ」

就寝前に読ませてもらおう。——読む暇があればいいけど。

図書室の奥にはラグが敷いてあり、人をダメにするソファとして知られている大きなクッションが置かれていた。中に小さなビーズが入った、ビーズクッションだ。これは誰の趣味だろう。

他にも四人掛けのテーブルとソファが見える。そして本棚の前には、ところどころに小さな椅子も。

ここは正真正銘、本好きの人のための部屋だ。

読みたい本をすぐそこで読めるように、スツールが配置されている。

一通りの図書室見学ツアーが終わると、ふたたびシアタールームへ戻った。

もちろん廊下から図書室につながる扉はまた別にあるそうだが、私たちは隣室に戻る必要があるらしい。

久世さんが、シアターの使い方を丁寧に教えてくれる。とは言っても、通常のＤＶＤ操作とほぼ同じなので、スクリーンが大きいという違いしかない。

「それでは桜様、こちらからお好きなものをお選びください」

「あら、やっぱり今から映画鑑賞なの？」

「はい。きっとなにかのお役に立つだろうと、椿様の配慮でございます」

配慮――ですか。きっと、桜お嬢様役に必要な知識なのだ。

でも映画は好きなので、私にとってはむしろご褒美だ。

普段からよく映画館にも行っている。純粋に作品が好きで、何度も繰り返し観ているものもある。

映画からは、いろいろなことを学ぶことができるし、様々な世界を知ることができる。

久遠寺さんは私になにを求めているんだろう？

少しわくわくしながら久世さんが示したラックに近寄った。

「……見事にジャンルが偏ってませんか」

「私に敬語など不要ですよ」

「ちょっと動揺しただけよ」

いかん、更紗が出てしまった。ふとした瞬間に素が出てしまうのは気をつけねば。私が本気で桜お嬢様になりきれていないと思われてしまう。

DVDラックに入っている映画は、ホラー映画か濃厚なラブロマンス映画、二つのジャンルしかない。

もっとこう、SF映画やヒューマンドラマ、ミステリーなどもあってもいいはずなのに、ホラーか恋愛の二択って、どういう基準なんだ。

「ありがとう、久世。気になった映画を観てインスピレーションを養わせてもらうわ」

「ええ、お役に立てば幸いです。時間になりましたらこちらへ参ります。なにかございましたら、そちらにある電話で内線番号一におかけください」

壁にかけられている電話を見て頷く。まるでカラオケルームだ。

一礼し、久世さんは退室された。

「さて、どうしよう……。こんな二十人は入れそうな部屋でひとりで映画鑑賞するなんて、初体験なんだけど」

とりあえず、濃厚なラブシーンが入っている映画の感想を聞かれても返答に困りそうだから、恋愛ジャンルはなしだ。

ホラー一択で見ると、話題作になった邦画とそれの洋画バージョンに、ゾンビやシリアルキラーが出てくる映画がそろっている。昔の洋画で有名な作品もいくつかあった。

「わからない、久遠寺さんの意図がわからないけど、これもなにかのクイズなら解かなければ」

隠された意味がきっとどこかにあるはず。

でもあまりグロイのはＣＧだと思っても苦手だ……

有名な声優が吹き替えを担当しているという理由だけで、私は数あるホラー映画の中から一枚を選んだ。

夕食は和食だった。

もちろん家庭料理というものではなく、料亭で食べられるような懐石（かいせき）料理。

ここではキレイなお箸の使い方を見られていることはわかっているので、所作に気をつけつつ、和え物などを食べる。ここでもし焼き魚一匹とか出されたら、キレイに食べきる自信がないかも……など、内心はドキドキだ。

「今日は一日どうだった?」

仕事から帰って来た久遠寺さんが、私に尋ねた。会食などが入っているとき以外は、ほとんど屋敷で食事をするらしい。デートの約束とかないんだろうかと、一瞬頭をよぎる。

「そうね、朝からエステでリフレッシュできて、アンケートに答えたのは新鮮だったわ。あとは映画鑑賞もなかなか勉強になったし」

しばらくお肉は食べたくないと思ったのは、言わないでおこう。

どうせなら知らない映画にしようと思ったチャレンジ精神が災いして、スプラッターホラー映画を選んでしまったのだ。

主人公の大切な人が目の前で首をはねられて血しぶきが出るシーンが、頭から消えない。

私の動揺に気づいているかはわからないが、久遠寺さんは本心が見えない穏やかな笑顔で話を聞いている。

「僕も桜が答えてくれたアンケート、読ませてもらったよ。兄妹でも知らないことって多いと改めて気づかされた」

「そうね、それが普通だと思うわ」

出会って数日だし。

本当の兄妹でも、年齢が離れていたり、物理的な距離が離れたところで成長したりといった事情があれば、お互いのことをよく知っている兄妹は少ないと思う。

「君の理想の結婚相手は、誠実で思いやりのある男性なんだね」

「まあ、一緒に暮らす上で最低限の条件だと思うわ。どちらも重要でしょう？」

「外見や職業について触れてくるかと思ったけど、そのへんはあまりこだわらないいんだ？」

「特にイケメンが好きとか芸能人の誰々が好きとかもないし、職業もその人が好きでしているることなら私が否定することでもないでしょう」

年齢一桁（ひとけた）のときにイケメン俳優を数多く見てきたおかげか、イケメンへの免疫はあるほうだ。

美しい女性には純粋に憧れるが、かっこいい男性とお近づきになりたいという願望は特にない。

「では相手の年齢は？　どのくらいが許容範囲なの？」

「若すぎず年上すぎず、かしら。上は三十代半ばまでかな」

——これ、桜として答えていいのよね？

桜お嬢様の年齢で三十代半ばだと、十歳ちょっとの差だ。まあ問題ないかなと思える。

「そう、それはよかった」

頷いている久遠寺さんを見て、お見合い相手の年齢は全員そのキャパ内なのだと悟った。

そういえばこの人も、その年齢に入っているよね……？

「私にあれこれ聞くけど、お兄ちゃんこそどうなの。理想の結婚相手とか。というか、お相手はいらっしゃるの？」

近くで控えていた竜胆さんが、ほんの僅かに反応を示した。久世さんは変わらぬ笑みだが。

もしかして地雷発言だった？　と内心少しひやひやしていると、久遠寺さんが苦笑する。

「残念ながら、婚約者も、お付き合いしている女性もいないよ」

「あら、どうして？　お兄ちゃんなら放っておいても女性が寄って来るでしょう。跡取り息子に恋人がいないと知ったら、お父様たち心配するんじゃない？」

桜お嬢様よりも切実にお見合いをさせそうなんだけど。そこらへんはどうなの、久遠寺家。

私のことより自分の心配をしろという心の声が伝わったのかはわからないけど、彼はのんびりとした口調で「いずれ僕も大切な女性を紹介できればと思っているよ」と答えた。

女性、ということは恋愛対象は異性なんだね。その辺の心配事をする必要がなくて、きっと久世家は安堵（あんど）しているに違いない。

「どういう女性が好みなのかしら。参考までに教えて」

「僕はこう見えて平凡でつまらない男だから、自然体で一緒の空間にいられる人が大前提かな。長い時間をともに歩むのだから、共有する時間が穏やかで楽しい女性といたいよね」

ふむ、一緒にいて居心地がいい関係かな？

多くを持っている人は、相手に多くを望まないのかもしれない。ただ傍にいる時間と空間がリラックスできる、それだけあれば十分なのかも。けれど、そんな相手は、その辺にいそうに見えてなかなか難しそうだ。

そもそも、一緒の空間にいて自然体でいられるかって、同棲でもしてみないとわからないいんじゃないだろうか。彼の理想の相手は、見つかるまで時間がかかるかも。

女性の外見も、特に好みがあるわけではないらしい。

こうして聞いてみると、なにげに私と好みがかぶっているみたい。

血はつながっていなくても似てるなんて、ちょっとおもしろい。

翌日の水曜日。

桜お嬢様メイクをほどこし、自宅から持ってきたワンピースを着て自室を出ると、きっちりスリーピースのスーツを着用している久遠寺さんとタイミングよく出くわした。

「おはよう、桜。よく眠れたかい？」

「ええ、ぐっすり。お兄ちゃんは？」

「僕もしっかり休めたけど、桜が添い寝してくれたほうが癒されたと思うよ」

「もうお兄ちゃんったら」

あはは、と笑い返す。

本当、人をからかうのが好きな御仁である。私を翻弄する台詞を唐突に投げてくるから、油断ならない。

咄嗟に反応できず素が出たら契約を切られるのでは……ということに、今さらながら気づいた。

いや、そうすると困るのは久遠寺家だから、さすがにそれはないか？

それでもボロが出ないよう、一層気を引き締めねば。

外は曇天。お昼過ぎから雷雨予報が出ている。

久遠寺さんと観覧車に乗る案は、あいにくの天気で延期することになった。そして彼に急な仕事が入ったこともあり、今週ほかの日は、帰宅時間が読めないらしい。

「桜とのデート、楽しみにしてたんだけど。楽しみは次の機会にとっておこう」

「楽しみにしてもらえていたのはうれしいけれど、いい歳して兄妹でデートっていうのも気恥ずかしいわね。お兄ちゃんは私以外の女性との真剣な交際を目指すほうに集中したら……」

昨夜の会話の延長で、私が桜さんだったら確実に言ったであろう提案をしたのだけど、久遠寺さんの威圧感が何故か増した。顔が笑っているのに、目が笑っていない。

あれ、なにか地雷を踏んだだろうか？

室内に少しだけ緊張が走る。久遠寺さんはじっと私を見つめて言った。

「悲しいね、僕は大事なかわいい妹との時間を大事にしたいのに、君まで結婚をすすめてくるなんて。桜は僕が嫌いなの？」

……何故そうなる。

どうやら彼には、結婚の意志はまだないらしい。自分から積極的に相手を探すつもりもなさそうだ。

だけどこのままいくと、この人はシスコン御曹司と世間に認識されるのではないか。

そこらへんをどう思っているのか、いまいちわからない。

桜さんと久遠寺さんの関係がこれまでどんな感じだったのか、後で久世さんたちに聞いてみよう。

それとは別に、まず今だ。嫌いなの？　という質問に、妹である桜さんはきっとこう答えるはず。

「そんなことないわ、大好きよ！」

「それはよかった。僕も桜が好きだよ」

即答で告白をいただきました。

麗しの兄妹愛――ただし偽物、をどこまで彼は本気で演じているのか……

久遠寺さんの謎が深まるばかりだ。

「僕の理想の相手は条件から見つけられるものではないから、自然と近くにいられる女性にいつか出会えればと思っているよ」

「なかなかお世継ぎは望めなさそうね、久世」

「椿様のご年齢を考えると、そろそろ本腰を入れて結婚をお考えいただきたいと思っておりますが……」

実の息子の竜胆さんにもお相手がいないらしい。

イケメン二人がフリーという状況を世の女性陣が聞きつけたら、速攻でエステと美容院の予約が埋まりそう。なのに、当の本人たちががつがつしていない。

この二人、もしかしたら草食系なのだろうか。

でも草食系に見えて実は腹黒肉食系な気がするんだよね、久遠寺さんは。

コーヒーを飲みながら、私は相手をそう分析していた。

久世さんを含めた他の使用人の方々に桜お嬢様と久遠寺さんの兄妹関係を聞いたところ、二人は仲睦まじく、久遠寺さんは年の離れた桜さんを溺愛しているとのことだった。

桜さんも、自分に甘くてなんでも言うことを聞いてくれるお兄さんには我儘を言っていて、存分に甘えていたらしい。

つまり、シスコンでありブラコンであるという。

それを聞いて妙に納得した。久遠寺さんが言う台詞はからかい目的だけではなく、きっと本心も半分入っているんだろう。

私と桜さんの顔がそっくりならまだしも、目の形くらいしか似ているところがないのに、妹とデートがしたいとか好きだよとか言うとは。

彼こそ演技派ではないか。

「椿様は、桜お嬢様のお願いにとても弱かったですよ。なんでも叶えてさしあげていましたね」

近くを通りかかった女中さんも、そう教えてくれる。どうやら年に数回しか会うことができなかったから、余計可愛がっていたみたいだ。

もしかしたら、久遠寺さんも寂しいのかもしれない。

可愛がっていた妹が、自分以外に甘えられる男性を見つけて、自分に相談もなく、内緒で結婚までしてしまったのだから。

「依頼主の希望にできるだけ応えるのが、プロの仕事……」

ううむ、ならば私はもっと甘えたほうがいいのでは……

子供の頃から自立を目標に生きてきた私が、誰かに甘えるなんてできるかしら……

「本当、私にとっても修業だぁ……」

難しいけれど、この貴重な経験を糧にさらに成長できるとポジティブに考えれば、なんとかなるかもしれない。

ノートに今まで溜めてきた情報を書き出していると、お茶を持ってきてくれた久世さんが耳よりな情報をくれた。

「五条遊馬様について新たに入手した情報によりますと、彼は怖いものが苦手だそうです」

「怖いもの？　それってお化け屋敷とかホラー映画とか？」

「肝試しなどもそうですね」

幼少期にお化け屋敷で迷子になったことがあったらしい。そのときの恐怖体験がトラウマになっていると推測されるとのことだ。

もしかして、昨日の映画鑑賞は五条さんの苦手なものを知るための情報収集だったの？

恋愛に免疫がなく、ホラーが苦手。

彼の苦手な要素を前面に出せば、相手が価値観の不一致から見合いを破談にしたいと申し出るだろう、と。

恋愛ハンターのイケイケなお嬢様を演じるより、ホラーが好きなご令嬢を演じるほうが私にとってもやりやすい。あと、個人的にもちょっと楽しい。

「ねえ久世、お兄ちゃんって少しどころか大分意地悪よね？」

微笑ましいものを見る目で久世さんは私に笑いかけた。

「少々お腹が黒いところは否めませんな」

そうでなければ、由緒正しい家など継承できないのかもしれない。

いい性格してるわーと、心の中で呟きを落とす。

そして私は、この後第一回目のお見合いにそなえて、各種準備を進めたのだった。

◆◇◆

――お見合い当日を迎えた土曜日の朝。

今日は天候にも恵まれて過ごしやすい一日になると、お天気お姉さんが言っている。

自室にあるテレビから流れる天気予報を聞きながら、念入りに顔を作り、髪の毛をセットした。

胸上までの髪の毛は、ここに来てからの充実したヘアケアのおかげで潤(うるお)いたっぷりに艶(つや)めいており、同じくフェイスパックのおかげで化粧ノリも文句なし。

鏡の中で自信満々の笑みを浮かべる女は、〝お嬢様〟と呼ばれてもなんら違和感がない。――外見だけは。

「さて、第一試合スタート」

気品のあるお嬢様のまま、相手に嫌われればいいのだ。

うん、言葉にするととっても簡単。

でも人は無意識に相手に好かれようと行動する生き物なので、嫌われるよう行動するのは、意識しないと難しい。

桜お嬢様の評判は落とさず、それでいて価値観の不一致を喚起(かんき)できるよう、久遠寺さんも巻き込んで頑張らねば。

約束は十一時半。獅子王グランドホテルにあるレストランへ向けて、屋敷を出る。

「そのワンピース、とってもよく似合っているよ」

「ありがとう、お兄ちゃんの見立て、うれしいわ」

白地に同色のレースのトップスと、ウエストラインで切り替えのある、薄いピンク色の膝丈Aラインワンピース。スカートには華やかな花の刺繍があって、それが春らしくてかわいらしい。

このお見合い用の服は、久遠寺さんがプレゼントしてくれたものだ。

「清楚で可憐なタイプが好きな、彼好みだと思うよ」なんて言いながら渡されたのだが、彼好みになってしまったら困るのでは？　と一瞬疑問に思った。

どうやら見た目は彼の理想の桜お嬢様を演じ、中身で完全に無理だと思わせろという命令らしい。

鎖骨で揺れる一粒ダイヤのネックレスは借り物。恐らく奥様の持ち物だと思われるけど、相当高価なものだろう。

上にスプリングコートを羽織り、竜胆さんが運転する車へ乗り込んだ。

「緊張してる？　桜」

隣に座る久遠寺さんが、私の頬を指先でなぞる。座っているだけで典雅だなぁ、という感想を抱きながら、私は素直に首肯した。

「そうね、少し。でも同じくらいワクワクしてるわ」

「おや、どうして？」

「だってお見合いをするのもはじめてだし、振るのが前提なんて、普通逆でしょう？ご縁をつなぎとめておきたい人が多い中、最初から破談に持ち込もうとする人って少ないと思うわ。楽しいわね、お兄様」

この人には振り回されているので、ちょっとした意趣返しだ。笑顔で、茶目っ気を含んだ台詞を返す。

久遠寺さんはくすくす笑い出した。

「たくましいね、僕のかわいい妹は」

「女性はたくましくならないと今の時代を生き抜けないもの。それになんでも楽しまないと、人生損でしょう？」

そう言いつつも忘れてはいけない。私はあくまで仕事としてこの場にいる。依頼を引き受けて、プロとして依頼主の希望通りの結果をもぎ取るために戦いに行くのだ。楽しいと言って緊張を和らげているにすぎない。

余談だが、お見合い相手の前では彼のことを「お兄様」と呼ぶと伝えてある。だってそのほうがお嬢様らしいじゃない。

「お姫様のエスコートは、並大抵の男では務まらないな」

そう言って、久遠寺さんが手を差し伸べる。

そっと重ねた手は温かかった。


車が滑らかにホテル前に停まる。

運転手の竜胆さんが、久遠寺さん側の扉を開けた。そして久遠寺さんが回り込んで、私側の扉を開ける。外から先ほどと同様に、手を差し出した。

「行こうか、桜」

「ありがとう、お兄様」

七センチのヒール。自分では決して手を出すことはないハイブランドの服とバッグ。先日受けたエステにヘアカラーとカットを含めたら、今日のためにかかった総額は百万を超えるかもしれない。

指先――派手すぎないラインストーンがついたネイル――まで意識を向けて、全身が美しく見えるよう姿勢を正す。

久遠寺さんに緩く手を握られたまま、無様に見えないよう美しく一歩を踏み出した。

はじめて訪れるホテルは、モダンな造りの場所だった。洗練されたデザインで、近代的だけど無機質ではない印象だ。

吹き抜けになっている天井に、ガラス張りのエレベーター。水が流れる音が響き、いたるところに観葉植物が置いてある。屋内だけど、癒しの空気を感じる。

とてもリラックスできる雰囲気に、肩の力がすっと抜けた。

シャンデリアがきらめくようなラグジュアリーなホテルを選ばず、海外からのビジネス客も多く利用するこのホテルでの食事を選んだということは、お相手の五条さんは、見た目やブランド力よりも実用性とフィーリングを重んじる方なのかもしれない。

それとも、ナチュラルな演出のほうが落ち着けるのではという、桜お嬢様への配慮だろうか。

最上階に近いフロアに到着した。高い窓からぐるりと東京都内の景色を展望できる。スカイツリーも東京タワーも一望できるのは素晴らしい。

「桜、このホテル気に入った？」

「ええ、素敵なところね。従業員も丁寧で気持ちがいいし、落ち着いた空間が心地いいわ」

「君が気に入ったなら今度泊まりに来ようか」

甘やかな声で、内容だけなら口説き文句だけど、言う相手を間違えているわよ、お兄様。どんな返答を望んでいるんだとツッコミつつ、「ひとりで来るわ」とにこやかに返事した。

名前を伝えて案内された先は、窓際の眺めのいい席だった。

四人掛けのテーブルに、男性がひとりで着席している。私たちの姿に気づくと、彼は席から立ち上がった。

「待たせたかな?」

「いえ、先ほど来たところです」

久遠寺さんより少し背が低いが、十分長身だろう。

くりっとした目にさらさらな黒髪は、写真で見るよりちょっと童顔。でもきりっとした眉毛が凛々(りり)しく、いかにも正義感が強そうだ。彼のまっすぐな気質を表しているかのよう。

私を見て一瞬目を瞠(みは)ったのを見逃さなかった。僅(わず)かな照れが見え隠れしている。

どうやら、桜お嬢様としての外見はクリアしたらしい。久遠寺さんの隣にいても見劣りがしない程度には化けられているのだろう。

「はじめまして、五条遊馬です。お会いできて光栄です」

「久遠寺桜です。よろしくお願いいたしますね」

おっとりとした口調は、久遠寺さんの雰囲気に合わせたもの。典雅な空気まではまとえなくても、ゆったりと穏やかな話し方を意識して、似ている兄妹を演出する。

レストランの方に椅子を引かれたので、テーブルマナーを意識して左側から腰かけた。

既にコース料理を頼んでおり、飲み物だけ選べばいいとのこと。

「五条さん、なにを飲まれますか?」

「ぼく……いえ、私は桜さんと同じものを」

緊張しているのか、素の一人称が出ている。ほんのりと顔が赤いところなんかかわいらしい人だ。ワンコ気質というか、弟気質というか。

少し微笑ましい気持ちになるが、いけない。これから彼には、自分とは合わないと思わせなくては。

「そうですか、それではお兄様は?」

「今日のメインは確かお肉だったね。ワインをボトルで一本オーダーしようか」

久遠寺さんの提案に頷く。ここは年長者にお任せするほうが楽に決まりそうだ。

ボルドー産の赤ワインを注文し、まずは乾杯をする。

赤ワインはあまり詳しくないけれど、渋みも香りも口当たりもちょうどよかった。あとで銘柄を覚えておこう。

「今日は名目上はお見合いということだけど、あまり堅苦しくなく食事をしながら、お互いを知っていけたらと思っているんだ。仲介人がいないから僕がその役割をするけれど、二人きりで話したくなったら遠慮なく申し出てほしい。僕は席を外そう」

「お忙しいところありがとうございます、久遠寺さん」

五条さんは久遠寺さんにきっちりお礼を告げると、目の前に座る私に熱い視線を向けた。

「桜さん……とお呼びしてもよろしいですか？」

「もちろんですわ」

ほんのり耳を赤くしたまま私に話しかけてくる姿から、勉強と仕事に集中して育った感がありありと伝わった。彼は全然女性慣れしていない。

「私は、あまりプライベートで女性と話す機会がないもので、正直なにを話せばあなたに楽しんでもらえるのかわかりません。気の利いたことが言えず退屈させてしまったらすみません」

「大丈夫ですわ。どうぞ楽に楽しみましょう？　まずは五条さんのことを知りたいわ」

真面目で素直でいい青年だよ、と久遠寺さんが言っていた通りだ。かわいい系の童顔なイケメン。彼なら芸能界デビューしても十分やっていけるだろう。にじみ出るつたなさが年上に受ける。

五条さんの経歴は釣書で知っていたが、改めて聞くととても優秀で驚いた。

飛び級で海外の大学を卒業し、現在は部長職に就いている。二十代半ばでその昇進スピードはすごい。家のことがあるにしても、この速さとなると、多くは彼の実力だろう。三十代に入る頃には、役員になりそうだ。でも、もっと前線で働きたいと断るかもしれない。

「確か、お仕事はエネルギー事業の開発関係でいらっしゃったかしら？　具体的なことをお聞きしても？」

前菜（ぜんさい）のサラダとビシソワーズを食べ終えて、問いかけた。

「はい、主に次世代のバイオ燃料開発と実用化に取り組んでおります」

「まあ、トウモロコシとかかしら？」

「いえ、私はミドリムシです」

「ミドリムシ……？」

……すごいパワーワードが出た。

いい笑顔で、私はミドリムシですと言ったイケメン御曹司（おんぞうし）は、もしかしたら少し酔っているのかもしれない。

「ミドリムシ燃料……想像がつかないわ。健康食品でミドリムシが注目されている話は聞いたことがあったけれど」

「ミドリムシは別名ユーグレナといい、火力発電所やジェットエンジンなど、様々なところで利用できると考えられております。二酸化炭素を食料にして増殖させることや、ミドリムシ燃料を利用することで温暖化への影響を抑えることもできて、とても環境に優しいんです」

生き生きとした表情と口調で、その後も五条さんは話し続ける。

次世代燃料や発電は、今後必要不可欠になる。いかに地球に優しく、人の暮らしをサポートできるようにするかが重要なのだと力説され、思わず演技も忘れて聞き入ってしまった。

一日にしてミドリムシへの認識が変わった。栄養食品から美容サプリメント、そして燃料って、万能すぎないか、ミドリムシ。

はっと我に返った五条さんは、「申し訳ない、熱く語りすぎてしまいました」と照れたように言い、ワイングラスをグイッと呷った。

空になったグラスに、すぐさま店員がワインを注ぐ。久遠寺さんがついでにお水を三つ頼んだ。さすが気が利くわ、お兄様。

「私のことより、桜さんの話を聞かせてください。ご趣味など」

――来た。

見合いで必ず聞かれる定番ワード、「ご趣味は?」の質問。

ある意味これを聞かれるのを待っていた。そろそろメインも出てくるし、仕掛ける頃合いだわ。

私は五条さんに微笑んで、おっとりとした口調を意識して話しはじめる。

「趣味は映画鑑賞……特にホラー映画が好きで、気に入った作品は何度もひとりで観ていますの」

「ホラー映画をおひとりで、ですか？」

「ええ、映画館などもひとりで行くのが好きですわ。でも、お兄様にあまりひとりで行動してはいけないと言いつけられているので、そうそう叶わないのですが」

ちらりと久遠寺さんを窺う。私のアドリブに、彼はしれっと乗っかった。

「攫われてしまったら困るだろう？　それに映画館なんて暗闇の中にひとりで行かせるなんて、危険でできないよ」

本物のお嬢様ならきっとそうなんだろう。いろんなリスクがつきまとうに違いない。一般人女性だって、いつなにに巻き込まれるかわからないご時世だからなおさら。

「ですので、自宅のシアタールームで映画鑑賞を楽しむことが多いです」

「なるほど……ホラー映画のどういうところがお好きなのですか？」

苦手なジャンルの話なんか聞きたくないだろうに、五条さんは相手を理解しようと頑張って話を振ってくれている。苦手だけど歩み寄る気持ちがあるんだろう。

いい人だな……と思いつつ、この話題に食いついてくれたことに感謝だ。

私はホラー映画がいかに好きかと伝えるべく、うっとりとした演技を続ける。まるで恋をしているような顔で。

「一言では語り切れないのですが……ほら、ホラー映画の中でもいろいろとカテゴリーがあるでしょう？　ゾンビ映画だったり殺人犯だったり、エクソシスト系だったり。でも共通して言えるのは、スリルと緊張感。日常生活では味わえない非日常にきっと強く惹かれるのね。特に血を見るのが好きですわ」

私の心酔ぶりに、五条さんが笑顔のまま引いている。グラスを持つ手もとが少し不安定だ。

「血を見るのが好き……変わった趣味ですね……」

「ええ。安心なさって。もちろん本物ではないですわよ？　人の元気なヘモグロビンを顕微鏡で眺めるのも嫌いではないですけど、正確には血のりですわね。昨今のCGを駆使した血しぶきも技術の高さもあいまってリアリティがあって好きなんですが、やはり人の手で作られた血のりの出来栄えに勝るものはないかと。傷口の断面図、ただれた皮膚、臓器のリアルさに恐ろしい化け物の醜悪さ……」

メインのお肉が運ばれてきた。フィレ肉のグリルに赤ワインをベースにしたソースと、マッシュドポテトなどの付け合わせが載ったプレートだ。

タイミングよく会話が中断される。

肉用のナイフとフォークを持ち、すっとナイフを引いてステーキを一切れ切る。事前に頼んでおいたように、私の分だけレア度が高い。

抜群の演出だわ、と内心ほくそ笑む。

店員さんに礼を告げた五条さんが、私のお肉だけ赤みが強いことに気がついた。なにか言われる前に一言。

「ふふ……おいしそう……」

うっとりと呟きながら、生焼けのお肉を恍惚とした目で見つめる美女……に見えるはず。

このとどめの一言は、威力を発揮したらしい。

目の前の人物から、波が引くように私への好感度が下がっていくのが分かった。

血の気が引いた五条さんの青白い顔が、無理やり笑みを作っているのが痛々しい。彼はカトラリーを持っていた手を止め、完全に食欲が失せた表情をしていた。

私はそんな彼の様子に構わず、真っ白なプレートに赤い汁がにじみ出る様をうっとりと眺める。

「桜、少し生焼けすぎないか。もう少し焼いてもらったほうがいい」

「お兄様がそうおっしゃるなら……」

残念そうな声で答える。久遠寺さんが通りかかった店員に、もう少し肉を焼いてくれるようお願いした。

ホラーが大好きな令嬢というより、猟奇的な趣味がある令嬢になってしまった気もするが、まあ些細な誤差だ。多分問題ない。

「お二人は気にせず、どうぞ召し上がってね」

気遣いができる令嬢を演出しつつも、そんなもので一度下がった好感度は戻らないだろう。

口数が減った五条さんは、それでも私の会話に合わせて相槌（あいづち）を打ってくれたが、彼はあの後ワインには口をつけずに、水ばかり飲んでいた。

血が滴（したた）るようなレア肉が、ウェルダンに近いほどしっかり焼かれて出てきたのを見て、彼はあからさまにほっとした様子をした。けれどその真逆の反応を、私はしてみせる。

「……あら、これはこれでおいしそうだけど、さっきのほうが食べたかったわ」

にっこり笑って言う。

その後話題を変え、当たり障りのない話をしてからデザートとコーヒーを終えた。

一時間半のお見合いはあっさり終了時刻を迎え、仕事がある五条さんとはレストランで別れる。私と久遠寺さんは、竜胆さんの車に乗り込んだ。

「お疲れ様でございました。いかがでしたか？」

「お迎えありがとう、竜胆。そうね、五条さんはとても素敵な方だったわ。まっすぐで純粋で仕事に熱意があって……。騙（だま）すのが心苦しいくらい。新しいトラウマを作ってなければいいけれど……」

彼は一言「うまくいったようなら何よりです」と微笑んだ。

「ちょうどいい具合にステーキがレアでよかったね、桜」

ご機嫌な様子の久遠寺さんを見て安堵する。とりあえず及第点はもらえているらしい。

ちなみにスプラッターホラー好きな令嬢として知れ渡ってしまうことに問題はないのか？　と思い聞いてみたところ、そのときは桜お嬢様は特殊メイクに強い関心があるということにすれば大丈夫と言われた。うまいことを考えるものである。

「今夜は桜の好きなものを食べようか。なにがいい？」

「まあうれしい、それではお魚がいいわ」

「いいね、お寿司にでもしようか」

「楽しみにしてるわ」

今日はお祝いだからと付け加えられた言葉に、お寿司が今日の報酬の一部なのだと正しく理解する。仕事の対価であっても、好きな食べ物が与えられるのはうれしい。今夜のご褒美に心躍らせた。

……しかし一般家庭で食べるような手巻き寿司を久遠寺家がするはずもなく。

お屋敷の地下一階にある、まるで高級料亭のような和室に通され、私は絶句した。

そこに至るまではというと、敷き詰められた砂利の道に、鯉が泳ぐ川。それを越えるとあらわれる、心安らぐ和の空間。

座敷にカウンター。その向こうにいる寿司職人を見て、私は顔色を変えずに驚嘆した。

……セレブの日常って一般人の想像をはるかに超えるわ。

その場で握り寿司をいただける出張サービスがあることを、私はこのときはじめて知ったのだった。


そしてその日の夜。

五条さんから、今後の交際を辞退したいという連絡が届いた。理由はふんわりとオブラートに包んでいるが、要は私たちの思惑どおり価値観の不一致である。

ただフォローするように、素晴らしい令嬢で自分にはもったいないと付け加えられていた。お世辞だとしても、言わないよりはましだろう。

相手は久遠寺家である。誰も余計なケンカは売りたくない。

一人目の見合いが破談になったという朗報に、私は安堵の息を吐いたのだった。

第四章

……お兄様がどこかおかしい。

微妙な変化を感じているのは決して私だけではないはずだけど、よく教育されたこの屋敷の人たちは、気づいていたとしても指摘することはない。

私はこのところ、依頼主である久遠寺さんのよくわからない行動に付き合わされている。

「ただいま、桜」

「……お帰りなさい、お兄ちゃん」

夜八時。いつも夕食時間には帰宅している久遠寺さんにしては、珍しく少し遅めの帰宅だ。

いつものように玄関で彼を出迎える。久遠寺さんは、コートを久世さんに渡した。ちなみにそれは、オートクチュール品と思われる、素人には値段もわからない上品な代物だ。

この家のルールなのかは定かではないが、久遠寺さんは必ず帰宅時間を私にメールで知らせてくる。それが彼を出迎えてほしいという意味だと知ったのは、一人目のお見合いをした翌日のこと。この屋敷に来て一週間目だ。

『かわいい妹にお帰りなさいって出迎えてほしいというささやかな夢を、桜は壊さないよね？』なんて、笑顔で圧力をかけられた。それにNOなんて言えるはずもない。

そうして、『行ってらっしゃい』と『お帰りなさい』を久遠寺さんに言う生活がはじまった。冗談なのかからかっているのか、はたまた本気なのかよくわからない行動は、それ以来ずっと続いている。それに、彼の不可思議な言動に振り回されるのはこれだけではない。

「はい、桜にはこれ」

「え……今日はなに？」

「いちごのロールケーキだよ。今はやりのSNS映え？　なんだって。若い女の子に人気だから、桜もきっと気に入ると思うよ」

「へえ、そうなの？　ありがとう」

にこにこ顔でケーキの箱を受け取りお礼を言うが、私の頬は引きつりそうだ。

この久遠寺邸には、毎日おいしいお茶の時間がある。そして、私は基本敷地内でしか過ごしていない。それなのにこんなに食べてばかりいたら、近い将来激しく後悔することだろう。

この屋敷に来てから若干ウエストが苦しくなったのは、多分気のせいではない。

今日こそは言わねば！

「うれしいけど、もう気を使って買ってこなくていいから」

「どうして？　僕は君がうれしそうに食べている姿が見たいんだから、気を使っているなんて思う必要はないよ」

「そうじゃなくて。毎日毎日おいしい料理とお茶の時間のデザートを食べ続けていたら、子豚どころか母豚になってしまう、って言ってるのよ」

鏡に映る、自分の血色のいい顔。つやつやなのは見間違いではない。そして若干ふっくらした気がする頬も、気のせいではない……

この調子でいけば、せっかくそろえた服も着られなくなる。そう伝えたら——

「それなら着物を仕立てようか」

久遠寺さんは、私の想像の斜め上な発言を返した。

「着物なら体形が変わっても調整できるし、着付けはできるに越したことはない。そういえば懇意にしている呉服屋にも、そろそろ顔を出しておいた方がいい頃か」

「そうですね、去年の暮れに奥様が訪問されてから少々お時間が経っておりますし、よい頃合いかと」

久世さんが、久遠寺さんの発言に乗る。

いやいやいや……その矛先、私に向かないよね？

そこは久遠寺家が代々懇意にしている呉服屋さんで、茶会や新年会などセレブな集まりのときに着物を仕立ててもらっているお店なのだとか。

桜さんの成人式の振袖も、そこで仕立ててもらったそうだ。ちなみに桜さんは、そのために日本に帰国したとのこと。

さすが……お金持ちは違う。って、いや、今はそこではない。

このままだと、多少太っても着物を着たらいいじゃない、という訳のわからない理論で押しきられそうだと察した私は、ケーキが入ったボックスを久遠寺さんにお返しした。

「服で誤魔化したって、根本的な解決はしないわよ。いい加減太るから、このケーキはお兄ちゃんとみんなで食べて」

SNS映えするといういちごのロールケーキがどういうものか気にはなるけど、我慢。一度中を見てしまったら、絶対に味を確かめてみたくなる。

それとももしかして、この連日続くデザート攻撃は久遠寺さんの嫌がらせ？　これを食べて体形も維持したいなら、ちゃんと運動しろよという……

ヤバい、あり得る。

お腹回りが気になるなら、毎晩腹筋をしてワークアウトしろと暗に言っているのか。

「桜、いちご嫌いだった？　昔はいちごを見ると、僕に食べさせてほしいっておねだりしてきたのに」

ほら、こういうところが食えないんだよ！

嘘か真かわからない本物の桜お嬢様との思い出話をはさんでくるのだ。これが事実なら、役作りを試されていることになる。私はどこまで真に受けるべきか。

久世さんはにこにこしたまま、私に移動を促す。そういえば未だ玄関にいるのだった。

そそくさと久世さんの後ろを歩こうとしたら、久遠寺さんに素早く手を握られた。

そして彼はおっとりした悩殺スマイルを浮かべて、悪魔のささやきを落とす。

「それじゃあ僕と半分こにしようか。それならいいだろう?」

半分ならまだマシかも――

そうして私は渋々承諾したのだが……

「待って。何故お兄ちゃんの部屋で、隣同士に座って食べるの? 狭くない?」

「桜の部屋でもいいよ。そっちに行こうか?」

「それは困る」

「困ると言われると移動したくなるよね」なんて、聞かなかったふりをしよう。ちょっと浮世離れしたおっとり美形だから気づきにくいが、この人の属性は絶対Sだ。

食事を外で済ませてきたという久遠寺さんに私室に連れて行かれ、今私は彼の部屋の一角にあるソファに座っている。

十分なスペースがあるにもかかわらず、部屋の主は私を傍に置きたいらしい。正直パーソナルスペースが近すぎて、彼の距離感に慣れない。

目の前には、コーヒーとハーブティー。夜にコーヒーを飲んでも久遠寺さんは問題なく眠れるらしいが、私は寝つきが悪くなるので夕方以降はカフェインフリーの飲み物しか飲まないように気をつけている。

ケーキ皿に盛られたいちごのロールケーキは、クリーム部分に鮮(あざ)やかなピンク色が見えて、いちごがふんだんに入っていることが見て取れる。これぞ萌え断。いちご好きにはたまらない。

しかも、ロールケーキの上にもクリームたっぷり。いちごとチョコで飾り付けがされており、これは半分だけでも十分なカロリーなんじゃ……と内心慄いてしまう。

「はい、あーんして」

「いや、しないから」

拳ひとつ分も空いているかわからないほど密着した状態で、久遠寺さんがケーキを一口分、フォークに載せて私の口もとに寄せてくる。

「なんで？　なにも恥ずかしがることはない。兄妹なんだからこのくらい普通だよ？」

「一般家庭の兄妹はこんなことしないと思うわよ。いい歳した兄妹がやるにしては、いささか問題がある距離感と行動じゃない？」

「よそはよそ、うちはうち。人と比べる必要はないよ」

さっき普通って言ったのは誰だ。世間一般的に見て大多数の人と同じことをしているという意味で使ったんじゃないのか。

「ほら、ケーキが落ちる」

その言葉に押されて、私はおずおずと口を開いた。羞恥で顔が熱い。

「どう？　おいしい？」

「……すっごく」

悔しいくらい、そのケーキは絶品だった。甘さは絶妙、いちごの食感も香りも、すごくおいしいとしか言えない。

満足そうに微笑んでいる久遠寺さんが、少し憎たらしい。意地を張らずに食べたいものを食べたいと言えばいいのにと思っているのかもしれない。

「じゃあ僕にも食べさせて」

「……え？」

プレートの上には、もう一本フォークがある。

それを使ってご自身で食べたらいいのでは？　という発言をしようものなら、またどんな兄妹プレイを求められるのか……

どうやらこの方は、離れて暮らしていた桜さんと幼い頃本当はしたかったことを、今私を相手に疑似体験しているらしい。

私はというと、こういう我儘（わがまま）に付き合うのも仕事の内だと割り切ることにした。半ば諦めた、とも言う。

私は言われた通りに、フォークでケーキを一口分すくった。

「はい、お兄ちゃん。口を開けて？」

久遠寺さんは、それはそれはうれしそうに口を開けた。言いなりになるその態度に、何故か私の羞恥が増して、私は思わず自分でそのケーキを食べてしまいたい衝動に駆られる。

いかんいかん、美形の不意打ち笑顔に思考が一瞬暴走しかけた。

パクリと食いついた表情が思いがけずかわいくて、私の顔にふたたび熱が集まる。

「うん、おいしいね。想像以上だ」

ゆっくり味わって咀嚼している姿が、今度はまた色っぽい。

食事の姿に性的なものを感じるなんて、私は自分でも知らない性癖があったのかと頭を抱えたくなった。

固まっている私に、久遠寺さんが手を伸ばす。

「ふふ、桜ったら口の端にクリームくっつけてる」

久遠寺さんの手が私の頬を包み、親指が唇の端をすっと滑った。

彼の指に付着したクリームを見て、その発言が本当だと気づく。

「あ、ティッシュ……」

取りに行こうと思ったのと同時に、目の前で彼が、自身の指をぺろりと舐めた。私についていたクリームを、ためらいもなく……

「甘い」

「……ッ！」

上目遣いで挑発的に微笑んだ美形を前に、動揺を隠せるはずもなく——

私はそのまま立ち上がり、扉までダッシュした。

「ごめん、ちょっとお腹痛いからトイレにこもる！　ケーキ全部お兄ちゃんにあげるから！」

「え、桜？　大丈夫……」

最後まで聞かずに、私は扉をばたんと閉めて真向かいの部屋に飛び込んだ。そして宣言通りトイレに駆け込み、鍵を締める。

「なんで、なんでこんなに恥ずかしいの！」

これは、更紗として感じた羞恥心だ。

本物の兄妹ならこんなこと恥ずかしくない。普通普通……と言い聞かせるが、若竹さんと同じことをできるかと問われれば、答えは否だ。

「義理の兄妹だから無理……ってこと？　でも、離れて暮らしていた桜さんだって気にするって。子供の頃は遠慮がいらない相手でも、年齢が上がったなら状況も変わるでしょう……」

はぁ、と深い溜息をついた。

これが狭いマンションの一室なら、トイレの壁に頭をくっつけて悩んでいたことだろう。だがこのお屋敷のトイレは、無駄に広い。頭をもたせかけようにも壁が遠い。

「とにかく、不意打ちのフェロモンには気をつけよう。回避したくなったら、お経でも唱えればいい」

私はこれまで、仕事で数々の役を演じてきたけれど、実は更紗自身の恋愛経験はとても少ない。というか悲しいことにほぼゼロだ。なにせ中高ともに女子校に進み、大学時代も空いた時間はほぼずっとアルバイトをしていたから。母親の再婚相手になるべく負担をかけたくなかったし、早く自立したかったんだと思う。

芸能界にいた頃に美男美女なんか見慣れていたので、正直イケメンに対する免疫はあると思っていた。雑誌モデルや若手俳優と対面しても平常心でいられると断言できる。

なのに、雇い主に対して一瞬でもドキッとするなんて。

――恐ろしい人、久遠寺さん。

ふたたび大きな溜息をつく直前、トイレの扉がノックされた。

「桜？　大丈夫？　お医者さん呼ぶ？」

焦りの滲む声が扉の外から聞こえる。用を足しているわけでもないのに、こっちのほうが焦った。

「ちょっ、なんで勝手に……！　大丈夫だから、あっち行ってよもうっ！」

扉を開けると、「アレルギーか、ショック反応か」と慌てた様子の久遠寺さんが、今にもどこかに電話をかけそうなところだった。

嘘だからとも言えず、ぐいぐいと久遠寺さんの背中を押して外へ追い出す。

本当にやめて、ただの食べすぎだから大丈夫と主張し、元々胃腸が弱いと適当な嘘までついたところで、ようやく納得してもらえた。

なんだかどっと疲れた。

「でも同居をし始めて十日、随分遠慮のない物言いができるようになったかも……」

それはまるで本物の兄妹のようなやり取りで、そう見えるなら仮病を使ったことも悪くないと私は自分を肯定することにした。

◆◇◆

翌朝、支度を終えてダイニングルームへ向かうと、いたるところで体調を尋ねられた。

胃腸の調子がいまいち——という設定の私のために、朝食は消化のいい中華がゆまで準備されている始末。

しかしこれが薄味で、とてもお腹に優しいふんわりした味だった。思わずほっこりする。

昨夜の腹痛は嘘だけど、このまま毎食シェフの栄養満点の料理を食べ続けていたら、きっと近いうちに胃腸を壊していただろう。所詮は庶民なので、粗食が一番。ごちそうはたまにでちょうどいい。

「桜様、体調はいかがですか？」

「ああ、ごめんなさい、気を使わせちゃって。もう大丈夫よ。ありがとう」

「それを聞いて安堵いたしました。私のほうからも椿様にご注意申し上げておきました。今まで摂取していなかったものを毎晩摂り入れていたら、身体がびっくりすることもございましょうと」

久世さん、お優しい……！

彼のおかげで、私の子豚化計画が阻止された。助かった。

いや、私もついご飯がおいしくて、体重コントロールができていなかったんだけど。

久世さんが食後に温かいジャスミンティーを淹れてくれる。久世さんが淹れてくれるお茶はどれも本格的でおいしくて、私の癒しタイムだ。

この仕事が終わった後には、きっと久世さんのお茶が恋しくなることだろう。

「いつもありがとう、久世。とてもおいしいわ」

「よろこんでいただけてなによりです」

ジャスミンのお茶が、口の中をさっぱりさせてくれる。

ほっとしたところで、久世さんから不意に問われた。

「十六夜嵐様というお方をご存知ですか？」

「十六夜嵐？　……よく雑誌なんかのメディアにも出ている、フラワーアレンジメントの？　確か華道の家元って言ってたかしら」

「さすがでございます、桜様。十六夜様は、椿様の大学のご学友でして、そして桜様の二番目のお見合い相手でございます」

パチン、と久世さんが指を鳴らす。久遠寺家に仕える使用人の方々が、私の目の前に資料を置いていく。

主にご本人の写真や作品が掲載された雑誌や作品集だ。海外の雑誌もいくつかあった。

一冊手に取り、めくる。

「すてきね……」

去年の春に、とある国内のホテルに飾られたという桜の生け花の写真がそこにはあった。二メートルを超す、大きな作品らしい。

ダイナミックでありながら、桜の繊細さと美しさが表現されている。海外のメディアからは、日本人が持つ繊細な感性を高く評価されていた。

儚く幻想的にも見える花の写真を見つめていると、どこか違う世界へ吸い込まれてしまいそうな心地になる。

ページをさらに進めると、真剣な眼差しで花と向き合っている男性が写っていた。

十六夜嵐の第一印象は、中性的な方だな、というもの。女装しても、違和感なくいけそうだ。

　けれど彼の本質は、職人気質(かたぎ)で頑固なようだ。それでいて柔軟さも持ちあわせている、と。常に新しいものに挑戦する、あくなき探求心みたいなものが写真から伝わってきた。

「お兄ちゃんったら、昨夜のケーキよりもこの方のことを話してほしかったわ。今日のお帰りは何時ごろかしら？」

「本日の帰宅は遅くても二十一時までにはとおっしゃっていました。早めに帰宅できたら桜様と夕食を召し上がりたいと」

「そう、では今夜会えそうね」

　ターゲット№２について、根掘り葉掘りせねば。

「それで、彼とはいつ会うことになっているの？」

「十六夜様はご多忙で、外国を回られているそうです。フランスやベルギーを巡った後に、現在はイギリスに滞在されているとのこと。帰国は明後日(あさって)から五日間、その後、韓国へお発(た)ちになる予定です。帰国した翌日に、書道家の丹蓮華(たんれんげ)様と、書道と生け花のコラボレーションを披露なさるとか。そしてこちらが桜様への招待状です」

「え、え？　招待状って、まさかそこで十六夜さんにお会いするってこと？」

「さようでございます」

「私ひとりで？」

招待客は何人いるんだろう。不特定多数の人の前に出るのはリスクが高い。内心冷汗をかいていると、久世さんは首を振った。

「ご安心ください。もちろん椿様がご一緒です」

あの方が桜様をひとりにさせるはずがありません――と続けざまに言われて納得する。確かに、監視役が必要だもんね。私ひとりでは判断できないことも多いし、フォロー役は必須だ。

「ただし、椿様はこちらの会に出席することを渋っておられます」

「あら、そうなの？　それって人目が多いから？」

「桜様を不特定多数の人の目に触れさせたくないのでしょう」

まあ、そうだよね。バレる確率上がるしね……。

しかし多忙な十六夜さんが次いつ日本に帰国されるのかわからない。それまで私の桜ごっこを続けるというのも無茶がある。

だからこの滞在中に予定を調整させると、久遠寺さんは言っていたそうだ。このお見合いも全部先方が望んだことらしいから、こちらとしては予定が合わなかったらご縁がなかったということに～と持っていけばいいだけの話にも思えるが……きっとそう言ってバッサリ斬れる相手ではないのだろう。

「大丈夫よ。私病弱なご令嬢だから、病み上がりで人混みは避けたいとでも言って、人目を避けられる場所を用意してもらえばいいんじゃないかしら？」

部屋をとるとか、会がお開きになった後にお会いするとか。

久世さんはにっこりして、「すぐに手配いたしましょう」と言った。頼もしい。

そうと決まれば、こちらも急いで準備を進めなければ。

部屋に戻り、久遠寺家に貸してもらったノートパソコンで、私は十六夜嵐についての情報入手を試みた。

華道の伝統を引き継ぐ十六夜家の次男。堅苦しい家柄というイメージとは違って、ご本人は斬新なアイディアを次々と取り入れては、学生時代から国内外のコンペティションに参加していたらしい。

伝統を守りつつも、時代の最先端と融合する新たな試み。プロジェクションマッピングを使ったフラワーアレンジメントのディスプレイは海外でも話題になっているそうだ。そんなアーティスティックなお方。

外見は、久遠寺さんとはまたタイプの違ったイケメンだ。色素の薄めな茶色の髪を後ろでひとつにくくっている。

中途半端な長さの髪が似合う男性って限られてるよね……なんて、個人的には思っている。だらしなく見えず、清潔感もあってオシャレ、となるには、かなりハードルが高い。

「結局はイケメンだから似合うんだよね～」

久遠寺さんと彼が隣に並んだら、目の保養だわ。さぞかし女性たちにモテたことだろう。

だが作品についての情報はたくさん出てきても、本人についての情報はほとんどなかった。芸能人ではないから当然といえば当然かもしれないが、肝心の恋愛観についての記載は見つからない。

「久遠寺さんに聞くしかないか」

二人はご学友だという。それはまた厄介な。

うかつな発言には殊更気をつけなくてはならないし、二人の関係が悪化するような展開も避けないと。

一番は彼のタイプじゃない女性になって断ってもらえばいいのだけれど、そのタイプがわからないから、対策をたてるのは難しい。大勢の目に入るかもしれない場所だから、悪目立ちするキャラクターもダメ、と。

「久遠寺家に恥をかかせない程度に外見は気品を保ち、控えめでしゃべらず出しゃばらず。引っ込み思案で会話が成立しないコミュ障……」

いかん、なんだか訳あり物件のような役柄になりそうだ。でも、もしかしたら、コミュ障や不思議ちゃんもアリな気がしてきた。人前に出るのが苦手な令嬢を演じれば、多忙な夫をサポートする妻の立場は荷が重いと諦めてくれるのではないだろうか。

「よし、兄がいないとまともに会話もできない困ったちゃんで、かつ空気の読めない不思議ちゃんでいこう」

過保護な久遠寺さんなら、妹に頼られる兄役を喜々として演じてくれるはず。

気合を入れて、私はクローゼットのワードローブを漁り始めた。

金曜日の夜。とある老舗ホテルの前で車が停まった。

車から降りた久遠寺さんが、手を差し出す。その手にそっと自分の手を重ねて、私は今夜の戦場へと一歩足を踏み出した。

「行こうか、桜」

見事な日本庭園が眺められることで有名なこのホテルは、都内にあるとは思えないほど静かだ。都会の喧噪とは無縁の、独特な雰囲気が漂っている。

結婚式場としても人気が高く、またホテルのランチコースやアフタヌーンティーも有名で、幅広い年齢層の客でつねに賑わっている印象だ。

この日の私は、薄いピンクを基調とした振り袖姿。絞り染めの技法を使った高価なお着物は、一般庶民である私には見当もつかない値段に違いない。

桜さんの成人式のために仕立てられたというこの振り袖をお借りして、久遠寺家の皆さんに着付けてもらった。大変よくお似合いだとの言葉に勇気づけられる。

「着物、苦しくない？」

私に合わせて和装姿の久遠寺さん。想像通り、着物がよく似合う。和風美男子万歳。

「うん、大丈夫。でも苦しくなる予定だからよろしくね」

茶目っ気を含んだ笑みを浮かべると、久遠寺さんがくすくす笑いながら了承した。

今回は、このホテルで行われる催し物に参加し、主催者に挨拶をするという予定になっている。本格的なお見合いというより、顔合わせが目的だ。

私を不特定多数の目に晒すのは……と渋った久遠寺さんにサポートをお願いし、滞在時間はごく僅か。病弱な美女……を前面に出す作戦だ。

イベント会場は室内だが、そこから中庭へ行くこともできる。緑豊かな庭園は観光名所として有名だけど、私ははじめて来た。

送られてきた招待状を会場の入り口で渡し、係の人に案内されながら入場する。

ざわめきから人の多さが伝わってきて、思わずエスコート役の久遠寺さんの腕をキュッと握った。

私が怖気づいたと思ったのだろう。彼が艶めいた低音で、耳もとに囁きを落とす。

「もっとくっついていてもいいんだよ？」

傍から見たら、恋人とひそひそ話しているように見えるだろう。久遠寺さんがそんな空気を醸し出すのは、意図的なのか天然なのか、いい加減わからなくなってきた。

が、今の私は引っ込み思案な深窓のお嬢様。人の多さに気分を悪くし気絶することも考えられるほど、こういう場に慣れていない。

そういう演出を考えると、彼の言葉は私の望み通りのものだ。

「お兄様……」

周りに聞こえない程度の小さな呟きを落とし、久遠寺さんに密着する。いつでも背後に隠れられる、そんなポジションを確保した。

「桜は本当、甘えんぼだね」

ちょっと、そんな蕩けるような微笑を妹に向けるんじゃない！　誤解を招くって。

内心でそんなことを思いつつも、とりあえず黙る。今の私は恥ずかしがり屋なので。

それにしても、人の視線が半端ないんだけど……

囁き合うくらいの小さな声で会話をし、ゆっくり壁際を歩いているだけのはずが、参加者たちがこちらに視線を投げてくる。

それは私ではなく、久遠寺さんに向けられているものだとわかっていても、ちょっと慄く。

彼はそれだけの視線を浴びても、平然としている。いつものことなのだろう。住む世界が違うわ。

自分に自信がある美女なら、堂々と胸を張って笑顔を振りまく余裕すら見せるはず。これまでそんな役が多かっただけに、今の私の役どころは私自身も新鮮で、少しおもしろい。

しずしずと、小さな歩幅で滑るように歩く。瞳には憂いが残り、顔は俯き加減。

空いている席に、久遠寺さんが私を座らせた。

「そろそろ始まるから、このへんに座っていようか」

私の隣に、ささっと椅子がもう一脚用意される。さすが、一流ホテルのスタッフ。教育がすごい。

今日のイベントは、立食形式のパーティーを楽しみつつ、書道家の丹蓮華と十六夜嵐がパフォーマンスを行う、というもの。

準備が整ったようだ。

音楽が流れ、会場のざわめきが鎮まっていく。照明が落ち、壇上に人が現れた。

かっこいいはかま姿の女性は、メディアの前にめったに現れない、書道家の丹蓮華。

三十を超えているはずなのに、随分とお若く見える。手に大きな筆を持ちすっと立つ姿は、凛としていて美しい。

その隣には、華やかな女ものの打掛けを肩にかけた着物姿の男性。

写真で見る以上に、十六夜嵐という人物は甘い顔立ちをしていた。こうして花柄の打掛けを身につけていると、女性と見紛う美貌だ。

「あの方が……」

「うん、僕も直接会うのは一年ぶりかな」

派手な登場ゆえか、久遠寺さんの口調が少し苦い。

「お友達なのよね？」

「交流は続いているし、そうだね」

お互い忙しいし、男性同士だからそんなに密に連絡しあうものではないのだろう。

ＢＧＭにはヴァイオリンとチェロ、そしてピアノの生演奏。美しいメロディーが流れ、それぞれが位置についた。

丹蓮華が大きな筆に墨をつけ、文字を書き始める。それと、十六夜嵐が大雑把にまとめて並べられている花の中から、一本抜くのが同時だった。

二人はそれぞれ身体でリズムを感じているかのように動きながら、作品を作り上げていく。

十六夜さんは花瓶から花を抜いては茎を切り、活けていく。

丹蓮華のほうはというと、大きな紙にダイナミックに文字を書くだけかと思いきや、新たな紙に今度は墨絵を描いていた。

なにが出来上がるのかわからないワクワク感と、会場の一体感。

エンターテイナーだわ、と素直に感嘆する。

「海外でもこういう催しをなさっているのかしら？」

「そうだね、種類は違うけど、いろんな公演をしていると聞いているよ」

彼は、日本の伝統的な生け花を海外に広める活動も精力的にしていると聞く。そんな人が何故桜お嬢様に興味を持ったのか、ますます謎だ。

由緒正しい家柄のお嬢様との縁談なんて、枠にとらわれない生き方をしている方から見たら、しがらみが多く窮屈に思えそうなのに。

やはり興味本位で？

久遠寺さんは、友人たちに何度求められても、桜さんの写真すら見せなかったらしい。そのせいで、妙な関心を引いたのだろうか。

でも思っていたお嬢様と違うと知ったらすぐに興味も失せるだろうな、とか考えていたところで、歓声と拍手が響き渡った。いつの間にやら音楽も止まっている。

「出来上がったようだね」

短かったような長かったような。実際には、二十分もかかっていないだろう。

丹蓮華の作品は、紙の中央に大きく「心」と書かれていた。力強い筆遣いは、まさに一筆入魂といえる。その周りの余白には、なにやら文章が書かれていた。そして別の紙に、これまた力強く迫力のある龍が描かれている。

よくまあ短時間でこれほどのものを……

一方で十六夜さんの生け花から感じるものは、「静」だった。書道の文字が「動」なのに、その反対の意味を植物である生け花から感じるなんて不思議だ。ダイナミックなのに、どこか静けさを感じさせる。

空間やバランス、色合い、美しさは、素晴らしいのひと言だ。白い花をふんだんに使い、アクセントのように一本だけ赤い花が存在を主張している。そして緑の葉と茶色の枝がポイントになっている。

物静かな女性の内側に秘めた心を感じるような、そんな作品に仕上がっていた。

私がもし更紗だったら――と思ってしまいそうになる心に蓋をする。

更紗だったら素晴らしいものを素晴らしいと言い、それを顔に表して、言葉に出す。作品を作り上げた人と直接言葉を交わす機会があれば、ありったけの気持ちを伝えていたと思う。

でも私は桜だから、そんな更紗の感情はいらない。

隣にいる久遠寺さんに気づかれぬよう深呼吸をして、一瞬はがれそうになった桜の仮面をふたたび装着する。

「行こうか」と言って立ち上がった久遠寺さんの腕に片手を添えて、席を立つ。そしてそのまま、ホテルの庭へ続く扉をくぐった。

長時間人前に姿を晒すのは、得策ではない。

「この庭園は落ち着くね」

「ほんと。さっきの熱気が嘘みたい」

滝が流れ鯉が泳ぎ、緑が生い茂る静かな庭園。散策にはうってつけだ。赤い橋を渡り、季節の花が咲く一角を眺める。夜の静けさと水のせせらぎ、月明かりに庭のライトアップ。心が穏やかになる。

少し冷気を含んだ風が、熱気にあてられた身体を心地よく冷ました。

「そろそろかな……ああ、来た」

久遠寺さんの声に導かれて、私はゆっくりと背後を振り返る。

「待たせてすまない」

独創的なファッションのまま小走りで近寄って来た人こそ、先ほどまでパフォーマンスをしていた十六夜嵐だ。

「問題ないよ。僕も桜も、この美しい庭園を散策して楽しんでいたところだから」

「それならよかった」

すっと私の前に移動し、視線を合わせる彼。

「はじめまして、桜さん。十六夜嵐です。今夜はわざわざお越しいただきありがとうございます。お会いできて光栄です」

そう言って、彼は紳士的に自己紹介をした。笑うと目じりが下がってタレ目に見える、甘いマスクのイケメンだ。

クセのある髪型も、女物の着物も、全然違和感がない。顔よし、家柄よし、将来性あり、才能ありじゃあ、メディアも女子も放っておくはずがないなと冷静に分析した。

「はじめまして、桜です……」

消えいるような小さな声で、震えながら名前を告げる。そして、さっと身体の半分を久遠寺さんの背後に隠した。

ん？　と戸惑いを見せる十六夜さんに、久遠寺さんがあっさり嘘をつく。

「妹は極度の人見知りと恥ずかしがり屋で、男性に慣れていないんだ。会話も僕を挟んですることになると思うが、気を悪くしないでくれ」

「いや、こちらこそ無理を言った自覚はある。お会いできただけでうれしい。……桜さんはあまり身体が丈夫ではないと聞きましたが、今は大丈夫ですか？」

最初は久遠寺さんに、次は私に目を合わせて尋ねてきた。一瞬だけ合った目をさっと俯(うつむ)くことで逸らし、小さく頷く。

柔らかい声は威圧的ではなく、人当たりがいい。優しい笑みを見せてくれるところから、この人もきっといい人なんだろうなと思った。

仕事に誇りを持って働いている人を尊敬する気持ちはある。けれどこの人に好かれてはいけないので、そういったそぶりは見せないよう気をつけねば。

「立ち話しかできなくて申し訳ありません。時間が取れないもので、気が利かず」

十六夜さんが申し訳なさそうに謝った。

くいっと久遠寺さんの袂を引っ張り、屈むように促した。そして彼の耳もとにひそひそと話しかける。

(気にしないでくださいって伝えて)

うん、とひとつ頷き、久遠寺さんが伝言ゲームのように伝える。

「気にしなくていいよ。桜も先ほどの熱気にあてられて、夜風を浴びたかったそうだから」

なんかアレンジが加えられたが、その言葉に十六夜さんから庭園を少し散策しようかと提案があった。

うつむき加減で頷き、久遠寺さんの後ろに隠れたままゆっくりと後を追う。

先ほどのパフォーマンスを見ていたのに感想を言わないのは礼儀知らずだと思われそうだ。ふたたび久遠寺さんの袂を引っ張る。

(素晴らしい作品でしたと伝えて)

立ち止まった私たちに気づき、十六夜さんが振り返った。

「桜が、先ほどの作品は素晴らしかったと言っているよ。パフォーマンスもとても楽しめたと」

「そうか、それはよかった。あなたに楽しんでいただけて光栄です。他にも新しい取り組みをしていこうと思っていますので、今後もぜひ招待させてください」

「ありがとう。応援してるよ」

お礼は久遠寺さんが引き受けてくれた。私は後ろで頷くだけ。

ちょっとこのお嬢様、あまりにも自主性がないし、身内に頼りすぎでは？　ここまで社会性がなくて大丈夫か？　とそろそろ心配される頃だろう。

兄を通してしか会話が成り立たないようであれば、いくら人見知りで恥ずかしがり屋とはいえ、今後の関係を続けていくのは困難だ。

多忙を極める人をサポートするには力不足。うまみは久遠寺家のバックのみ。でもそれこそ十六夜さんなら、ご自身の家の力で事足りるはずだ。

思っていた令嬢と違い、私に対する関心は失せたかな？

そろりと顔を上げた先で、思いがけず十六夜さんと視線がぶつかった。

そのときの彼の目に宿っていたのは、気のせいでなければ負の感情。怒りや苛立ちとは違う、言うなれば嫉妬に近いものだった。

けれどそれはほんの一瞬のことで、次の瞬間には、綺麗にその感情は隠されてしまった。それでも私は、内心「おや？」と首を傾げる。一体なにに対して嫉妬が生まれたのか。

久遠寺さんにくっついて歩く私を見てそう思ったのなら、導かれる答えはひとつだけ。

「あ、ちょっとごめん。仕事の電話だ。桜、ここで待てるかい？」

（え、いきなりそんなひとりにしないで、お兄ちゃん！）

という心細い気持ちを目で訴える。実際今このタイミングで十六夜さんと二人になるのは、おもしろいような怖いような……

「俺が彼女についてるから、椿は電話に出てきていい」

「ああ、頼む。ありがとう、嵐」

そう言って背を向けて、少し離れたところに行く久遠寺さんを、恨めしい気持ちで見つめた。

まさかと思うけど、それ仕組まれた電話じゃないよね？

私がどういうリアクションをとって十六夜さんと対話するかが気になるから、わざとそういう腹黒い工作をしてるとかじゃ。

どうしようかと思っていたところで、背後から視線を感じた。

「あんまり似てないんだな」

「っ！」

先ほどとは違う、砕けた口調。その声に込められた温度も、数度下がっている。

眉を八の字にし、困り顔で長身の十六夜さんを見上げた。彼の視線は、先ほど久遠寺さんが去っていった方向を見つめている。どこか切なさが垣間見えた。

なるほどなるほど……

彼が桜お嬢様に近づきたかった理由を、私は正しく理解した。

「顔の造作も雰囲気も性格も、椿とは似ていない。けど、目もとは少し似ているか」

まあ、化粧で多少似せているように作っていますけどね。大幅な改造はしていないが。

「……十六夜様は、お兄様がお好きなのですね」

ぽつりと呟いた声は、とても小さい。水音の響く場所では掻き消されてしまいそうなほどだ。

だが、自分の本心を言い当てられたとき、人は地獄耳になってしまうらしい。彼は僅かに目を見開いた。それからムッとした表情になり、眉間に皺が刻まれる。

先ほどまでの表情は表の顔だったらしい。

恐らくこの人は、周囲が思っているより感情豊かだ。

「勘違いしないように言っておくが、俺はゲイではないし普段は女性が好きだ」

ただ好きになった相手が男だっただけなのよね、わかります～。と言ったら怒られるだろうか。

普段は、と言っている時点で、本心は違うと言っているようにも聞こえますよ、お兄さん。

「……お兄様の傍にいたくて……、妹の私だったら好きになれるかもしれないって、思ったのですか？」

要は身代わりだ。その相手と結ばれなくても、血縁者と結婚できれば家族にはなれる。

その気持ち、わからなくないな、なんて思いながら言ってみた。

「そのつもりだったが、あなたにはまったく色気を感じないし勃ちそうにもない」

「……？」

――こらこらこら。

深窓のお嬢様にいきなり下ネタ振るのはやめてよ。

更紗だったら別のリアクションになるが、今の私は過保護な兄に甘やかされて育ったお嬢様。そんな桜なら、気づかない可能性が高い。キョトンとした表情で、かまととぶってみた。

「あまりよくわからないですが、私には欲情できないけれど、お兄様には欲情してしまうという意味ですか？」

いやいや、おっとりと、か細い声でなにを言っちゃってるんだ、私は。

るな」

「女として魅力を感じないと言われて怒らないとは。そういうところは、椿に似て

兄妹で似ていると言われ、桜偽物説が生まれていないことに安堵する。

「大事なお兄様を襲う真似はしない。軽蔑されたくないからな」

だから海外で仕事のオファーがあれば行くんだと聞き、そんな、いつでも会える距離にいるのが辛いとまで思うのは立派な恋では？　と思った。

結果として、私は彼の好みではなかったという理由で、この見合い話を進めることはないと言質をとれた。ミッションクリアだ。それはよかったと喜ばねば。

けれど、これだけは告げておきたい。

「……がんばってください。なにを、とは言えませんけれど」

彼は意外だとでも言いたげな目で「ありがとう」と返した。そして、腕時計を確認する。

「遅くなってすまない」

久遠寺さんが戻り、私はふたたびひっつき虫のように彼の腕をつかみ、身を寄せる。

そんな私を見ながら、十六夜さんは苦笑気味に会場に戻ると告げた。

「桜が体調を崩したら大変だから、僕たちもこれで失礼させてもらうよ。今日は素晴らしかった」

久遠寺さんの最後の褒め言葉に、十六夜さんは少し照れ臭そうに笑った。

ホテルのロビーに向かって歩きながら、思わずぽろっと零(こぼ)す。

「恋って難しいね……」

「ん？　僕がいない間にふたりでなにを話していたの？」

「それは秘密」

おいそれと、あなた狙われてますよなんて言えるはずがない。それに十六夜さんだって、頑張って隠し通そうとしているのだ。その気持ちを踏みにじってはいけない。

「ふーん、そう……」

久遠寺さんの返答が、どこか不穏な空気をまとっていたことに、そのときの私は気づかなかった。

第五章

翌日の土曜日。

二番目のお見合い相手だった十六夜さんとのお見合いも、こちらの希望通り破談に持ち込めた。さぞかし久遠寺さんはご機嫌かと思いきや――

彼はどことなく不機嫌な空気を漂わせていた。

もしかしなくても、私なにかやらかした？

いや、内気で人見知りな、かよわいお嬢様を演じただけのはず。

彼を困らせるような失態をした覚えはないんだけど……無自覚に、神経を逆なでした可能性も捨てきれない。

いつもは朝からにこにこ笑顔を振りまきながら、本気か冗談かわからない言葉で私を翻弄するのだが、今朝の彼は口数も少なく、なにか考え込んでいるように見える。

思わず竜胆さんにアイコンタクトで問いかけるが、彼も困り顔で首を左右に振っただけだった。なにに悩んでいるのか、竜胆さんにも原因がわからないらしい。

なんとなく重苦しい気持ちのまま、朝ごはんを食べ終えた。お皿を下げてもらい、さて今日はどうしようかと考える。

そろそろ一度、若竹さんに連絡をしておくか。

まだ二週間しか経ってないけど、体感的にはもっと長くいる気分だ。

次のお見合い相手が、桜お嬢様役の最後の仕事か……

なんだか少し、しんみりする。

もともと私の拘束期間は、一ヶ月という契約だ。それは今のところ、順調に進んでいる。

喜ばしい反面、三人目のお見合い相手とのことが決着したら久遠寺家との縁は切れるのだと思うと、どこか寂しさを感じた。

本来ここに私の居場所はないのに——

当たり前のように優しくしてもらえるのは私が「桜お嬢様」だから。けれど、いくら家族として入り込んでいても、偽物が本物になれるわけじゃない。全部演技だとわかっている。だから居心地の良さを知ってはいけないと、より一層自分を戒めねば。

久遠寺さんがやたら私を甘やかしてくるのだって、彼の演技なのだ。契約が終われば、「お疲れ様」の一言でこの関係は終わる。あまりここに馴染みすぎてはダメだと、改めて自分に言い聞かせた。

「桜」

ふいに久遠寺さんが名前を呼んだ。どうやら彼も思考の渦から浮上したらしい。

「なあに？　お兄ちゃん」

「今日デートしようか」

「え？」

デート？　デートだと？

何故憂いを含んだ顔でぼんやりしていた後に、妹をデートに誘うの。

相変わらず久遠寺さんの思考が読めない。

「桜と一緒に遊びに出かけようと話していたことがあったよね。そのときは天気が悪くて、そのまま延期になっていたけれど。今日は一日休日だし、外に出かけよう」

「いいけど、出かけるってどこに行くの？」

「そうだね、お台場とかどうかな。気になっていたアミューズメントパークがあるんだ」

　久遠寺さんの声に抑揚が戻っている。

　その変化をうれしく思うなんて、私の心も変化しているみたいだ。どういう方向に変化しているのか見極めるのは怖いけど、とりあえず家族に感じる親愛ならいいはず。

「へえ、おもしろそうね。お兄ちゃんが気になっているところなら私も行きたいわ」

「うん、それじゃ動きやすい服に着替えておいで。三十分後に玄関前で待ち合わせよう」

「わかった。じゃああとでね」

　とりあえず彼の憂鬱は晴れたようなので、扉付近に佇んでいる竜胆さんに微笑んだ。微笑み返してくれたので、竜胆さんにとっても喜ばしいことだったらしい。

　自室に戻り、ウォークインクローゼットに入って動きやすいカジュアルな服を物色する。

「ジーンズにチュニックとか、カットソーとかでいいかな。上に春物のコートかジャケットを羽織ればいいよね」

なんだか久しぶりにジーンズを穿く。

似非お嬢様をしていると、外見から入らないと役に集中できないので、ここのところずっと、私は屋敷の中でも極力スカートだったのだ。

少し風が強いので、髪もヘアクリップでアレンジして、アップにした。アクセサリーもつける。

結局服装は、薄いニットの春物のロングカーディガンに、中はカットソーとスキニージーンズに決めた。靴は歩きやすいパンプスなら大丈夫だろう。

きっちり三十分で支度を済ませたところで、タイミングよく扉がノックされた。

「はーい?」

「迎えに来たよ」

先ほど待ち合わせ場所を告げた意味がないよ、お兄様。

そこにいた彼は、雑誌モデルかと思うほどだった。スタイルが良いので、シンプルな服装がなんともお似合いだ。

和服もスーツもかっこいいが、リラックスしたいときに着ているゆったりしたセーター姿が個人的には好みだった。首筋のラインからこう、フェロモンが放出されているような……

……って、待て待て。なに私が好みを語っているの。

そんな風に見ていい対象ではないでしょう、と脳内で感じたときめきを打ち消す。

「髪の毛、かわいいね」

「そう？　ありがとう。風が強いからまとめちゃった」

「うん、桜はどんな髪型でも似合うよ」

うっとりするような声で、褒め殺ししないでほしい。その甘い眼差しを、私を通して一体誰に向けているの。

そっと耳に触れられて、耳たぶに指があたった。反射的に、ぞわりとした震えと心臓の高鳴りを感じ、思わず息が止まる。

「桜は耳の形までかわいいんだね」

「……っ！　……⁉」

一体どうしたんだお兄様はっ。

こういう場合、普通の兄妹はどうやって返事をするのかわからない。

「まあね」と言うのか、「何言ってるの、キモイ」と言うのか。もしくは「お兄ちゃんもかわいいわよ」と相手の耳も触るのか。

どれが桜っぽいのかを考えるよりも、私の手が先に動いていた。

「お兄ちゃんの耳の形も綺麗よ。耳までイケメンで、妹としては鼻が高いわ」

耳の上部を隠す髪を指でそっとどかす。

ナチュラルに三番目の選択肢を選んでいたことにハッと気づいた。

「桜は僕のことをイケメンだと思ってくれているんだ？」

彼は自身の耳に触れていた私の手を取り、ギュッと握る。上機嫌で私を見つめる彼の意図がわからない。からかいだけだと断言するには、なにかが違う気がした。

「っ、もちろん。優しくてかっこいい私の自慢のお兄様よ？」

「そう、じゃあ桜は、僕以外によそ見しちゃダメだからね。他の男に頼ったら許さないよ？」

……口調は柔らかいのに、そこには有無を言わせないなにかがあった。

おっとりしていて怒りそうもない人を怒らせたら、きっと怖い。

本能で頷き、よそ見しちゃいけないという意味を深く考えることも拒否した。

そもそもこの関係は、あと二週間ほどで終わる。契約期間中のことなら、クライアントに逆らう権利はない。

手をつながれたままエレベーターに乗り、屋敷の前に待機していた車に乗り込んだ。

「駅まででいいよ。あとは電車で行くから」

「かしこまりました」

竜胆さんがいつも通り車を発車させ、最寄り駅まで送ってくれる。

後部座席に乗ったまま、私は駅に到着するまでの僅（わず）かな時間に考えていた。この人電車に乗ったことはあるのだろうか、と。

私も電車経験アリという設定で大丈夫？　いや、桜お嬢様だったら乗ったことなんてないかも……あ、でも、彼女本人は行動力があるから結構自由に動いていたってことで、ＯＫ？

まあいいや。もし久遠寺さんが迷いそうになったら、私が助け船を出そう。そこは、深窓（しんそう）のお嬢様ではなく、現実の活動的な桜お嬢様設定ってことで。

私の謎のやる気のもと、兄妹初の遊園地デートとやらがスタートした。

到着した先は、お台場にある屋内型アミューズメント施設。

雨の日のデートにぴったりの場所だ。大人も楽しめるライド系や体験型のアトラクションが豊富にそろっている。

最新テクノロジーを駆使したアトラクションが多く、種類も豊富で楽しめそうだ。

一日乗り放題のパスを久遠寺さんが二人分購入し、一階から回ることにした。

「たくさんあるから迷うね。どこにしようか」

「なんかどれもスリルがありそうね」

っていうか、半数以上のアトラクションが絶叫系なんだけど。ここをチョイスした久遠寺さんはやっぱりドSだと再認識した。まあ、私は好きなので問題ないけど。

まずは一番人気のものから乗ることにする。

夢の国のような混雑はなく、思っていたほど並ばずに順番が回ってきた。

それは、二人一組で乗り物に座り、絶叫体験を味わいつつデジタル演出も楽しめるという、体験型のバトルアトラクションだ。カップルにおすすめと書いてあったのも頷ける、協力プレイがキーとなるアトラクションだった。

ガンガンに音楽が鳴り響いて色とりどりのライトが点滅するようなタイプのものだったが、久遠寺さんは「なかなか興味深い」と楽しんでいたので、意外とノリはいいらしい。

館内のマップを見ながらフロアを移動し、次はスピード系のアトラクションへ。これも二人一組の乗り物だ。カップルへの配慮が大きいな、この施設。

「三六〇度回転だって。お兄ちゃん大丈夫？」

並んでいる人々が、ちらちらと久遠寺さんに視線を投げる。カップルで来ている女性も彼の美貌に見惚れているようだけど、隣の彼氏が拗ねても私は責任はとれないわよ。

「三半規管は丈夫だよ。桜は怖い？」

「すごく楽しそう」

こういうのは嫌いじゃない。それに、この施設は全体的に照明が暗いから、身バレも防げそう。乗っている間は二人だけの世界だから、ますますバレにくく安心。

スピード感を味わう乗り物に乗り、ぐるぐる回転しながら私は叫びまくっていた。

今だけは桜さんならどういう叫び方をするんだろう、とか考えなくていいよね。誰だって楽しいものには思いっきり笑って叫ぶはず。

そうして私は、久遠寺さんといろいろなものに乗って、心ゆくまで笑って叫んだ。久しぶりにお腹の底から感情を出せたおかげで、身体はへとへと。でも、気持ちはすっきりしている。

いろいろと我慢していたものを解放したのだろう。環境の変化にストレスを感じる暇もなかったと、これまでの二週間を思い返す。

いつもどこか掴みどころのない久遠寺さんも、今は少々ぐったりとやつれていた。

「大丈夫？　お兄ちゃん」

「うん……ちょっとくたびれた。桜は？」

「私は全然？　むしろ余裕」

飲み物を買って、ベンチに座って二人で休む。

いつも優雅にコーヒーか紅茶か、お酒を召し上がっている姿しか知らないだけに、ペットボトルの炭酸水を飲んでいるのは少し新鮮だった。

でもなんだろうね、そういう爽やかさも似合うってどういうことだろう。普段は艶やかでおっとりしているイメージなのに、汗や疲労感も似合うって。

私も買ってきたソーダを数口飲んだ。

しばらく休んだあと、久遠寺さんは私をホラーアトラクションへ連れ込んだ。

「ねえ、なんか喜んでない？　なんで楽しそうなの」

「そう？　きっとお化けが怖いってかわいく怯える桜が見たいだけだよ」

「いや、ここお化けっていうかゾンビだし！　追いかけてくるゾンビを撃つ本格派なスリル&ホラーだし。そこで騒ぐ姿を見て喜ぶって、悪趣味よっ」

「君はこういうのも得意かと思ってたけど、意外な一面が知れてうれしいよ」

そうのんびり言って笑いながら、私を半ば引きずるようにして入り口へ進む久遠寺さん。やっぱりこの人の本質はSだ。見た目と口調に騙されてはいけない。

VRのゴーグルをつけて、バーチャルなゾンビの世界で彼と二人、ペアになる。

そして現れるゾンビを撃っていくのだが、これがまたリアリティがありすぎだ。自分の叫び声がうるさい。

「ほら桜、後ろ」

「いやあああー！」

バンバン！

持っている銃で弾を撃ち込んでいく。

ハンターというか、気持ち的にはエクソシストに近いかもしれない。私には絶対になれない職業だわ。

久遠寺さんは、ぐるぐる回転系のアトラクションよりこちらのほうが気に入ったようだ。終わった後、半ば涙目の私の腰を支えながら外へ連れ出す。

「うう～目玉が……足もとにゾンビの目玉が」

「血のりについて熱く語っていたとは思えないね」

屋外に出て、二人でベンチに座る。ひやりとした海風が心地いい。しばらく楽な体勢でじっとする。

彼に促(うなが)される形でこのベンチに来たけれど、身体と心が落ち着いてくると同時に、今の状況に冷汗が流れた。

隣同士で座っているだけではなく、なんと今、私の身体は久遠寺さんにもたれかかっている。何故なら彼が、私の肩を抱いているからだ。

自分の肩を私に貸しているつもりなのだろうが、この密着具合は冷静に考えると恥ずかしい。

「寒くない?」と囁(ささや)いてくる声にも、甘さを感じるような…… いや、多分気のせいだ。そうじゃなきゃ私が困る。

「うん、もう大丈夫。ごめんね、肩借りちゃって」

「大事な妹なんだから僕が貸せるものはなんでも貸すよ。胸でも背中でも、膝枕でも?」

「遠慮しておくわ」

ポンポン口から言葉が零れる。

大事な妹、と言われた台詞に、少しだけ気持ちが重くなった。

彼と私は、兄妹ごっこをしているだけ。そうわかっているのに、ふとした瞬間に、私の中から更紗が出てきてしまう。

私と彼は、仕事でこの場所に来ているだけ。この距離感ゼロも、恥ずかしい言動も、すべて久遠寺さんが桜さんにしたかったこと。

私相手ではないと頭では理解しているのに、胸の奥にもやもやした感情が現れてしまう。

近くにいすぎたせいで、余計な情が生まれてきているのかも。だって厄介なことに、こうやってこの人の隣にいるのも手で触れられるのも、まったくイヤじゃないのだから。

彼がまとう空気は心地いい。けれどそれを認めてしまったら、私は抜けられない沼にずぶずぶ嵌ってしまう。それは怖い。

甘やかされているのは私ではない。絶対にそれは忘れてはならないのだ。

「お兄ちゃん、手をつなぐのも、肩や腰を抱いてくるのも禁止」

「どうしたの急に」

物理的に心理的に、久遠寺さんとは距離をとるべきだ。成人した兄妹の適正な距離感でいるべきだろう。今のこれは、誰が見てもカップルにしか思えないはず。

「成人した兄妹としては不適切な距離感だからよ。世間一般では、そんなべたべたしている兄妹なんて、ほとんどいないと思うわ」

いないと断言はできない。現実にはいるかもしれない。でも、それを真似する必要はない。

少しおもしろくなさそうに眉をひそめて、久遠寺さんは私を見つめてくる。

「じゃあ、僕が君に触れたいときはどうしたらいいの。兄妹なんだから、触れるのを躊躇（ためら）うのも変だろう？」

「いい歳した兄妹は、からかいやツッコミ以外ではめったに相手に触れないと思うわよ。そういう感情は、恋人に抱くものでしょう？」

「そう、桜は僕に恋人ができてほしいんだ？」

……若干声のトーンが下がった。

学生時代のブラコンの友人は、お兄ちゃんに恋人ができるのイヤ！　と言っていたが、それは思春期にありがちな気持ちというもので、成人した大人が抱く感情ではないと思う。

いくら兄のことを好きな妹だって、いつかは兄離れをしなければいけない。

少し寂しく思うこの気持ちは、きっと桜さんに感情移入したからだと自分を納得させて、私は頷いた。

「そりゃもちろん、いつまでも恋人がいないなんて、寂しいし侘しいでしょ。お兄ちゃんはうちの大事な跡取りなんだから、ちゃんと美人で素敵なお嫁さんをもらわないと。のんびりしてると、私みたいにお見合い攻撃に遭うわよ」

本来、桜さんより久遠寺さんが結婚を気にするべきなのだ。彼が背負うものは大きい。もしかしなくても、桜さんの問題が片付いたら次は久遠寺さんの番なのでは。

きっとそうだ。

そしたらますます、私は彼の人生に関わらなくなるだろう。最後のお見合いを無事に破談にできたら、久遠寺さんと更紗との接点は切れる。

ズキン、と胸の奥が鈍い音を立てた。が、私は気づかないふりをする。

「僕はお見合いなんて受けるつもりはないよ。いくら両親が縁談を持ってきてもね。自分の伴侶くらい、自分で決める」

「……ならあなたが桜さんの味方になってあげたらよかったのに」

ついぽろりと、更紗としての台詞が零れてしまった。

久遠寺さんが桜さんを大切に想っているのを見ているのに、彼のこの言い分を、一瞬身勝手だと思ってしまったのだ。

クライアントを否定するようなことを口走ってしまうなんて、私は一体どうしちゃったのか。

「桜？」

「なんでもないわ、忘れて」

ああもう、自分の感情の波が激しすぎてイヤになる。怒ったり落ち込んだり、今日の私はちょっとおかしい。

不意に、久遠寺さんが私の頭をわしゃわしゃと撫（な）でた。アップにしているのに、そんなことをされたらぐちゃぐちゃになる。

「ちょっとお兄ちゃん、髪が乱れる！」

「乱せばいい」

「……っ⁉」

顔を上げると、至近距離に久遠寺さんのドアップの顔が。まっすぐ私を見つめながら、彼の唇が緩（ゆる）やかな弧を描く。

吸い込まれそうな黒い瞳に魅入られて、私の身体が硬直した。

呼吸すら自分の意思でできないような、そんな錯覚に陥（おちい）る。

鼻先が触れる——

そう思った瞬間、私の額（ひたい）に柔らかな感触があたった。

チュッ。

小さなリップ音が聞こえた直後、唇の温もりが離れていく。

茫然(ぼうぜん)と見上げると、ヘアクリップでまとめていたはずの髪の毛が、肩に流れるのを感じた。視線の先で、久遠寺さんが私のヘアクリップを持っている。

「いつの間に……」

なんて鮮(あざ)やかな手つき。

「まとめ髪も新鮮でいいけど、桜は下ろしているほうがかわいいよ」

だから、そういう言葉は妹ではなく恋人に言うべきだって——と、喉まで出かかった台詞(せりふ)を呑み込む。

夕日に照らされた久遠寺さんは、とても優しい表情で私を見ていた。

黄昏(たそがれ)時は、感傷的な気分になるのかもしれない。額(ひたい)に触れた温もりが、今になって熱を伝えてくる。

「そろそろ行こうか。ディナーを予約しているんだ」

差し出された手を、拒む気にはなれなかった。

タクシーで移動した先は、綺麗な夜景が眺められることで有名なホテルだった。

海外にも系列ホテルがいくつもある、高級ホテル。確かリゾート開発でも有名なグループ系列のホテルだ。

こんなカジュアルな服装でホテルディナーなんて大丈夫だろうか？　今日ジーンズだけど……と縮こまりそうになるが、隣を歩く久遠寺さんが堂々としているので、多分問題ないのだろう。

案内されたのは、まるで恋人同士が特別な日のディナーに選ぶようなレストラン。その窓際の席に座り、久遠寺さんがワインリストを眺める。

私の、甘すぎなければなんでもいいという大雑把（おおざっぱ）な好みを受け、彼はとある赤ワインをボトルで注文した。

絶景の夜景をバックに赤ワインのグラスを持つ美形は、本当に絵になる。

ドラマか映画のワンシーンかと思うほどだ。カメラが回っていないのが不思議なくらい。本当に彼は魅力的で華がある。

「乾杯しようか」

コツン、と小さくグラスを合わせる。

甘すぎない中重口で、芳醇（ほうじゅん）な香りと渋すぎない口当たり。

コンビニに低価格で売られているワインもそれはそれでおいしいけど、こういうところのものとは比べものにならない。

さっと視線を周囲に投げる。この場所にいるのは、ほとんどが男女の二人組だ。

私たちがいるのは奥まった場所で、少し先にはグランドピアノが置かれていた。時間になれば生演奏が聞けるらしい。

人目を気にせず、会話も食事も楽しめる。ゆったりとした時間が流れる居心地のいい空間は、探そうとしてもなかなか見つかるものではない。

前菜が運ばれる前に、ワインをグラス半分ほど飲み干した久遠寺さんが口を開いた。

「君の最後の相手を教えてあげる」

コトンと、グラスが真っ白なクロスの上に置かれた。

彼がうっすらと、微笑を口もとに乗せる。

「七々扇大雅。世界二十ヶ国以上に進出する、若きホテル王と呼ばれる男だよ」

ラスボスが思いがけない大物で、私はしばし、グラスを持ったまま絶句した。

日曜日の朝。

私は自宅マンションのシングルベッドでもなければ、久遠寺家の天蓋付きのお姫様ベッドでもない、けれども眠り心地のいいベッドの上で目が覚めた。

時計はまだ朝の七時を少し過ぎた頃。外の光がカーテンの隙間からうっすらと漏れている。

「えーと……そうだ、あのまま昨日のホテルに泊まったんだった……」

久遠寺さんとワインとディナーを楽しんだ後。そのままお屋敷に帰るのかと思いきや、彼はごく自然にセレブな行動をとった。

『せっかくだし泊まっていこう』と。

いやいや、着替えもないしなにも準備してないし、そもそも泊まるって同じ部屋に？

内心、『無理無理！』と唱えていたのだが、彼は実にスマートにお高そうな部屋を用意してもらっていた。名前を告げただけで部屋が用意されるって、どういうことなの。

一泊いくらするのやら……ほろ酔い気分から一気にお酒が抜けた。

この部屋が空いていたのは、庶民には手が出ないほど高いからだと思われる。

幸いなことに、部屋にはキングサイズのベッドがひとつと、別室にクイーンサイズのベッドが用意されていた。

正直めちゃくちゃ安堵した。このまま謎理論を展開され、兄妹同じベッドに寝るのは普通だろう？　とか言われたら、桜の仮面をぺいっと剥がして奇声を発していたかもしれない。

完璧な美形の隣でぐーすか眠れるほど、私の神経は図太くないのだよ。

ましてや、同じ空間で眠るなんて、無理無理、絶対にできない。

私が寝ていた部屋には、洗面所とトイレがある。バスルームをひとりで気兼ねなく使えるのもありがたい。

当然というか、久遠寺さんが使用している部屋にもバスルームがあるので、やっぱり高い部屋は違う。海外のスイートルームな感じかもしれない。

「物音がしないし、まだ寝ているのかな？」

久遠寺さんは、朝は低血圧でなかなか起きられないと、竜胆さんが言ってたっけ。寝起き直後は確実に色気過多だから、私は絶対近づきたくない。

ホテルのアメニティグッズに入っていた基礎化粧品を使い、肌を整えてからメイクをする。

メイク直しのポーチを持ってきておいてよかった。最低限のものしか入っていないが、ないよりはマシだ。

下地を塗りファンデーションを重ねたところで、リビングの方から来訪を告げるベルが聞こえた。

「ん？　誰か来たの？」

インターホンのような音が鳴っている。もしかして久遠寺さんになにか用があるんだろうか？

メイク用のヘアバンドを外し、パパッと髪の乱れを整える。

肌しか作っていない状態のまま、私はホテルのドアのスコープから外を窺った。

「はい？」

「朝早くに申し訳ございません。お届け物です」

ドアの外には、感じのよさそうなスーツ姿の男性。

髪の毛はきっちりセットされ、清潔感の漂っている美丈夫だ。にこやかな笑みは好印象。フロントデスク勤務の方だろうか？

久遠寺さんや今まで会って来た二人の見合い相手とは違うタイプだけれど、この彼も人目を引く容貌だ。ドア越しに聞こえた落ち着いた声音も耳に残る。

届け物ってなんだろう。久遠寺さんが昨日のうちになにか頼んだのかな？

そんなことを思い、私は扉を開けた。

「おはようございます、久遠寺桜さん？」

「はい、え……？」

視線の先には、真っ赤な薔薇の花束。扉越しにはフロントデスクの人かと思ったが、実際に対面すると、雰囲気からしてちょっと違う。

セットされた髪の毛と綺麗にひげが剃られた顎からはあまり結びつかないが、実物の彼からはどことなくワイルドさが感じられた。イメージ的には、アクション映画の俳優、といったところか。無精ひげが生えていたら余計にそう感じるはず。

長身で肩幅が広く、鍛えられた身体。かっちりしたスーツは仕立てがいい。おまけに革靴は、つま先まで光っている。

少し思案気な顔で立っているだけなのに、存在感がすごい。二十年後には、ちょい悪系オヤジとして、雑誌の表紙を余裕で飾れそうだ。それほどの色気を、彼は放っていた。

硬直している私に、ワイルドな美丈夫が薔薇の花束をよこす。

「ふむ、彼らから聞いていた印象とは随分と違うな……。ああ、これはお近づきのしるしだ」

「え？　わわっ」

何本入っているのかわからない薔薇の花束を渡されるなんて、人生初だ。いい匂いと浸る暇もなく、結構な重量の花束を反射的に受け取った。重いし、どうすんだこれ。

「支度ができたら朝食に招こうかと思っている。お兄さんはまだ就寝中か？」

「はい、恐らく……」

えーと、威圧感が半端ないこの方は、一体どなただ。

茫然としたまま会話をしていたが、先ほどから冷汗が止まらない。私の表情筋も硬直している。

そして嫌な勘というものはよく当たるものだというのも、経験から知っている。

今一番会いたくない人の名前が頭から離れない。

「あの、失礼ですがあなたは……」

恐る恐る問いかけると、彼は僅(わず)かに眼を瞠(みは)り、それから人好きする笑顔を見せた。

「失礼した。てっきりこの顔を知っているものだと思っていた」

どうやらメディアにも顔が出ているらしい。無知で申し訳ないけれど、この美丈夫の顔には見覚えがない。

「私は七々扇大雅。このホテルのオーナーであり、あなたの見合い相手だ。以後お見知りおきを、桜お嬢様？」

流れる動作で私の手をすくうと、彼は恭(うやうや)しく手の甲にキスを落とした。そして、唇で触れた皮膚に感触を刻み込むように、親指でゆっくりと手の甲をなぞる。

ぞわりとした震えが背筋をかけぬける。本能的に、脳が黄色信号を発した。

まさか昨夜聞いたばかりのラスボスと、こんなにも早く顔を合わせるだなんて！

これは仕組まれたことではないんだよね？　と久遠寺さんを問い詰めたくなった。

ほぼすっぴんで、役作りもできていないというのに、本人に出会ってしまうとか。対処法が思い浮かばない。

どう対応していいのかわからず困惑していると、七々扇さんが「起きてるか？」と尋ねてきた。

「……申し訳ありません、思考が少し停止していました」

「はは、おもしろいお嬢様だ。朝食を誘いに来たんだが、ブランチのほうがよかったか？」

「いえ、ちょっと待ってください。そもそもどうしてここに？　私あなたのことは昨夜兄から聞いたばかりなんですが」

「久遠寺椿が宿泊しているとの連絡を受けたので、当然挨拶（あいさつ）に伺（うかが）うのが礼儀だろう？　しかもあなたまで泊まっているのなら、なおさらこのタイミングを逃すつもりはない。今朝帰国したばかりだが、間に合ってよかった」

海外から戻って来た足でそのまま来たって、どういうフットワークをしているんだろう。敏腕なビジネスマンは、このくらい行動的でないとダメなんだろうか。

疲労を感じさせない笑みを見せる男に、私は念のため確認をとった。

「……それは兄も知っていますか？」

「さあ、どうだろうな。可能性には気づいていたが、実際に会いに来るとは思っていなかった、とかではないかな」

サプライズじゃないか。しかも心臓に悪い系の。

久遠寺さんと互角か、タイプの違う策士に見える。

この手の人間は、下手に断ったら違う方向でまたサプライズを仕掛けてきそうだ。直球なのか変化球なのかわからないドキドキはほしくない。

ならばこのお誘いを受けて、あっさり振られれば、早めにミッションコンプリートができるのでは？

それと同時に久遠寺さんとも縁が切れるが、今は考えないようにする。

溜息をつきたいのをこらえて、私は「三十分待っていただけますか？」と返した。

「もちろん。それでは三十分後に迎えに上がろう」

「いえ、結構です。私が下へ行きますので、待ち合わせ場所を教えてください」

「あなたが望むのならいいだろう。それでは一階のラウンジ前にしようか。おいしい朝食を食べに行こう」

「承知しました。それではまた後ほど」

もう完全にビジネスモードで対応していた。でないと無様な姿を見せてしまいそうだ。

扉を閉めて、手の中にある花束を持ったまま室内を徘徊する。この薔薇どうしよう。

「……金持ちの考えることがわからん。花束なんて急にもらったって困るだけじゃん」

夜だったら、薔薇の花を浮かべてお風呂タイムでも楽しめるのだろうか。

が、お湯を捨てるときに花びらを処理することを考えると、むやみに浮かべるのは面倒だと思ってしまう。やはり、庶民の感性が捨てきれない。

とりあえずダイニングテーブルの上にでも置いておこう。少し放置したくらいで枯れることはないはず……多分。

「あ、それよりも早く化けないと……！　完璧な仮面を作らなきゃ」

メイク途中だったので洗面所でメイクを再開するが、アイシャドウのパレットを手に取ったところで思案する。

「……化粧後が、すっぴん状態とあまりに別人だと思われるのは癪かも……」

言葉には出さないだろう。なにせベッタベタな方法をとる男だ。きっと表面上は紳士なはず。それでも、内心で厚化粧だと思われたらおもしろくない。

今までメイクの力で桜お嬢様に変身していたわけだけど、ほぼすっぴんの更紗状態を見られている今回は、メイクの効果は薄い。

化粧映えしてメイクで化けていると思われるほうが、桜さんへの評価が下がる気がする。

「ううむ、ナチュラルメイクに見えるようにがっつりメイクかつ、桜と更紗の中間地点くらいで……」

難しい。

とりあえず目尻にツケマはつけない。彼には自分のまつ毛だけで勝負だ。

十五分で残りのメイクを終わらせ、丁寧に口紅を引く。

手早く髪の毛をクリップでまとめて、桜さん用として持たされているスマホから久遠寺さんへメールを送った。

『七々扇さんに誘われたので、朝食を食べに行ってきます。心配しないでください』

心配しないで、なんて逆に心配してくれと言っているようなものだけど、心情的には間違っていない。むしろ大いに心配してほしい。何故こんな展開になったのだと。

私の服は昨夜、下着とトップスだけ新しく購入していた。

昨晩久遠寺さんに、ホテルに服を用意させると言われたけど、全力で拒否して、自分で買いに行ったのだ。ホテル内にあるブティックで調達できるから時間や手間を気にすることはないと言われたけど、服のサイズから下着のサイズまで、すべて知られるのがどうしても嫌で。

帰るだけなら多少我慢できると思ったけど、やっぱり下着とトップスだけでも買っておいてよかった。下は昨日のままジーンズだ。まさか翌朝、見合い相手が会いにくるなんて思いもしなかったが。

いささかカジュアルすぎる恰好で、私はこれから、三人目のお見合い相手に挑みに行く。

身だしなみに気をつけつつ、バッグを手に部屋を出た。

二階まで吹き抜けになっている広々としたロビーに到着すると、先ほどの美丈夫は嫌でも目に入った。ラウンジに座る彼が放つオーラは、一般人のそれと違いすぎる。

圧倒的な存在感、とでも言おうか。こういうのがスター性だろう。

カメラの前でのみオーラを発揮する人もいるけれど、日常生活の中ですでに常人とは違うなにかを発している人は、どの分野でもいると思う。キラキラ光っていて目に眩しい。

イヤだな、私あそこに行くのか……

周囲の皆がチラチラと目線を向ける人に近寄るって、どんな試練だろう。胃が痛くなってきた。

久遠寺さんの隣を歩くので視線には慣れたと思っていたが、人はいくらでも試練を迎えることができるらしい。

私の姿に気づくと、七々扇さんはニッと口角を上げて立ち上がった。堂々とした歩みで近づいてくる。

「半分ほど、来ないいんじゃないかと思っていた」

「一度した約束を破るなんてしませんわ」

「なるほど、強引に取り付けた約束にも義理堅いとは、慈悲深い」

強引という自覚があるなら自重してもらえませんかね……

なかなかいい性格をしている。

「こっちだ」と案内された方へ進んでいると、一階のレストランの前を通り過ぎた。

んん？　と首を傾げる間もなく、ホテルを出て、高級車に乗せられる。

「ちょっと、どちらに行くつもりなのですか？　朝食を食べるんじゃ」

「もちろんそのつもりだが、ここでとは言っていない」

自分のところのホテルで食べるんじゃないのか！

やはり策士だ。無事に帰してもらえるのか不安になってきた。

にやりと笑うその顔は、なにも知らない女性なら顔を赤らめてしまうほど魅力的だ。

彼には、正統派ヒーローよりも、悪役寄りのほうが似合う気がする。

「あまり遠いところには行かないでくださいね？」

「大丈夫だ、心配ない」

出会ったばかりの人をどう信用していいのかさっぱりわからないが、そんな私の心情をよそに、運転手の人は迷うことなく車を進ませる。

久遠寺さんにメール送ったけど、大丈夫かな……

一応私の手荷物は持ってきているので、彼がチェックアウトをしても問題ない。薔薇(ばら)だけが気になるが、そのまま置いてくるのならまあそれでいい。ホテルのどこかに飾ってもらおう。

到着したのは、別のホテルの前だった。

どうやらここも、系列のホテルらしい。ホテル王の名は伊達(だて)ではないと戦慄(せんりつ)する。

「あなたには、こっちの朝食を食べてもらいたい。若い女性に好まれると思う」

そう言って案内されたのは、広々としたラウンジのようなカフェダイニングのお店だ。

大きな観葉植物がいくつか配置された南国のリゾートを思わせるレストランは、適度に隣の席とスペースがある。そしてソファ席も半個室風だ。

カラフルなソファにクッション。ゆったり座れてリラックスできて、人の目を気にせず食べられる空間は居心地がいい。まさしく女性に好まれそうだ。

「素敵な空間ですね。オレンジのクッションもかわいい」

「ありがとう。バリのリゾートをコンセプトに、寛げる空間をデザインしたんだ」

なるほど、バリに行ったことはないけれど、なんとなくイメージできる。

しぼりたてのフレッシュジュースがおすすめと聞き、グレープフルーツジュースを注文した。七々扇さんはオレンジジュース。そういえば、ジュースを飲む男性ってあまり見ない気がする。

「それで、どのメニューがおすすめなんですか？　ここまで連れてきたということは、ぜひ食べさせたいなにかがあるんですよね？」

「もちろんだ。甘いものは食べられるか？」

「ええ、甘すぎなければ」

「よかった。ならばきっと気に入るだろう」

自信満々に頷いた彼が頼んだのは、パンケーキだった。

　クリームたっぷり、フルーツたっぷりとか、SNS映えするという理由だけで連れて来られたのだろうか。彼の中で、桜お嬢様はパンケーキで喜ぶタイプの女性だと認識されていると考えていいのか。

　ならば私は、どういう態度をとるべきなのだろう。

　そもそも、まだ彼用の役作りができていない。

　我儘路線のお嬢様でいくべきか……

　なんとなく、彼はそういう女性が苦手そうだ。若いお嬢さんがきゃぴきゃぴテンション高くはしゃぐのに、関わりたいとは思わないタイプに見える。

　偏見かもしれないが、こういう男性の隣には長身でグラマーな大人の美女が似合う気がする。我儘な年下のお嬢様に振り回されるタイプではないはずだ。

　相手への敬意を保ったまま久遠寺家の名も汚さずに、我儘なお嬢様になる……って、なかなかハードル高くないか。

　ジュースを飲みながら、注文した料理が出てくるのを待つ。

　人一人分開けた隣からじっと見つめられる視線が痛い。

「……なにか?」

　視線に耐えかねて尋ねる。

　そもそも目の前ではなく、同じソファに横並びで座る時点でドギマギしている。この距離感、おかしくない？

「いや、兄妹でもあまり似ていないんだなと思っていた。性格も真逆そうだな」

「兄はおっとりしていますからね。私のほうが好き嫌いがはっきりしているのかも」

いや、実のところは久遠寺さんはおっとりしているように見えて腹黒いから、なにを考えているのかわからないよ。

目覚めた久遠寺さんからメールが来ていないか、確認したいけどタイミングが難しい。バッグからスマホを取り出せない。それに、久遠寺さんの反応が怖いというのもある。

「あなたの印象も、私が聞いていたのとはだいぶ違う」

「そうなんですか？　どんな噂話が独り歩きしているのかしら」

余裕を装ってにっこり笑って見せるが、心臓はドキドキだ。

セレブの世界は狭そうだ。これまでの見合い相手の二人から情報が渡っている可能性も高いかも。

グロ系ホラー好きで、人見知りが激しく初対面の男と自分からまともに会話ができないお嬢様。

そういった情報を彼がもっているとしたらまずい。前者はまだ隠せるとしても、後者はアウトだ。すでに普通に会話が成り立っている時点で、この役柄は破綻している。

大勢の前で話すのが苦手なんですの、とでも言って乗り切ろうかと考えていると、どこか含みのある笑顔を見せられた。

「いや、噂というのはあてにならない。私は自分の耳と目で確かめたものしか信用しない性質だ」

安心できるようで、でも誤魔化された気がする。

噂話を鵜呑みにしないというのは好感度が高いけど、それとこの人が信用できるかどうかは別の話だ。とりあえず私は「そうですか」と無難な返事をしておいた。

ほどなくして、パンケーキが運ばれてきた。

予想に反して、薄いパンケーキが何段にも積み重なっていたり、クリームとフルーツが盛られていたりするわけではなかった。パンケーキ自体は、二段重ね。

だが、高さがすごい。ふるんふるんと揺れるパンケーキなんてはじめて見た。

一枚だけでボリューム満載だ。それが二段も重なっている。その横には、ホイップクリームとブルーベリーなどのフルーツが、綺麗に飾られていた。

確かにこれなら、SNS映えと言えるだろう。わざわざ朝早くからこのパンケーキを食べにくる女性客も多いらしい。

「シロップを選べるんだ」

メープルシロップだけでなく、チョコレートやマヌカハニー、パンケーキ専用のシロップもあるようだ。海外から輸入しているのだとか。

小さな白い陶器にシロップが四つセットでついている。そのうちのメープルシロップを選び、ふわんふわんのパンケーキの上にかけた。

ナイフを入れると、まるでスフレを切っているような感覚。重量感はなく、切った断面もつぶれない。

ふわっふわの秘訣（ひけつ）はメレンゲなのかなと考えながら、一口サイズに切ったパンケーキを口に運んだ。その瞬間、口の中でふわりと溶けた。

「どうだ、気に入ってくれたか？」

バリトンの美声に楽しげな色がまざっている。隣を見ると、孫の喜ぶ顔を慈（いつく）しんでいるような表情の美丈夫がいた。

「ふわ？　しゅわ？　なんか不思議な食感でおいしい。いくらでも食べられちゃいそう」

「だろう？　好きなだけ堪能（たんのう）したらいい。足りなかったら追加を頼もう」

いや、カロリーが気になるから追加は遠慮します。

スフレ風パンケーキは、見た目のボリュームのわりにとても軽いので、いくらでも入りそうだから気をつけねば。シロップとホイップクリームのコンビネーションなんて、悪魔のささやき以外のなにものでもない。

おいしいは正義。でも高カロリーは天敵だ。

グレープフルーツジュースを飲みつつ、付け合わせのフルーツも食べながらパンケーキを堪能した。

おいしいものに釣られて少し油断していた自覚はある。役作りがおざなりだったのも。

だから不意打ちを食らったとき、とっさの反応ができなかった――

「ついてるぞ、クリーム」

「え？」

唇の端に、温かく柔らかななにかが押しつけられた。

それは明確な意思を持ったもので、小さなリップ音が耳に届く。

一拍遅れて、とてもきわどいところを舐められたのだと気づいた。突然の出来事に、目を丸く見開く。

「甘い」

悪びれなくそう言ってニッと目を細める男は、まさしく肉食獣の中の肉食獣。久遠寺さんの隣にいるときとは違った警戒心が、一瞬でゲージを振り切る。

「そんな表情をしていると、実年齢より幼く見えるな。随分と初心なお嬢様だ」

「……っ！」

唇のぎりぎり……ではあるけれど、唇の輪郭を舐められたのと同じだ。

キスとまでは呼べないが、限りなくそれに近い。恐らく単純にからかい目的と、私の反応が見たいだけだろうけど。

そんな悪趣味なプレイ、勘弁してよ……

三人目にして、イレギュラー要素ばかりだ。こういうとき、彼の前で桜お嬢様がどんな対応をするのかさっぱり思い浮かばない。すぐに取り繕って挑発的な笑みを見せる？　紳士的な態度じゃないことを非難する？　それとも、びっくりして涙目に？

嫌われる行動はどれだ――と考えた結果、私がとった行動は、彼のお皿に残っているパンケーキを強奪することだった。

「おや」

パンケーキが綺麗に半分カットされたまま放置されていたので、それをぶすっとフォークで刺す。意外な行動だったのか、彼が驚きの声を漏らした。そのことに、少し気分がすっとする。

「食べないなら私が食べてさしあげますよ。もったいないから」

残っているホイップクリームとチョコソースをたっぷりつけて、大きな一切れをパクリと食べた。もうこの際行儀なんて気にしない。カロリーも、一度忘れることにする。

これで、完全に食い気に走る食いしん坊令嬢の出来上がりだ。

人のお皿から食べ物を奪うなんて、令嬢としてあるまじき行動だから、もう食いしん坊キャラでいいよ……と開き直ったのだ。

「なんだ、まだお腹が減っているのか？」

「たとえそう思われたとしても、レディに向かって言うべきではないかと」

「これは配慮がたりなかった。それではマドモアゼル、他に気になるものがあれば遠慮なくどうぞ。好きなだけ頼んでいい。なにがいい？」

「それなら食後のコーヒーをお願いするわ」

「承知した」

七々扇さんはくすくす笑いながら、近くを通りかかったウェイターにコーヒーを二つ注文した。私はカトラリーの音に気をつけながらもしゃもしゃと食べ続け、お皿を綺麗に片付ける。

「ミルクとシュガーは？」

「結構です」

運ばれてきたコーヒーをブラックのまま飲んで、人心地つく。

コーヒーを飲んだら、食いしん坊令嬢はとんずらしよう。きっと色気より食い気に走る女に、この男は興味がわかないはず。思っていたのと違ったとでも言って、さっさと私を振ればいい。

ブラックコーヒーを飲む私の隣で、彼はたっぷりミルクを入れてスプーンでかきまぜる。甘いものを好むところやコーヒーはミルクを入れる派なところに、見た目とのギャップを感じる。

それにしてもこの男性は、私をどう思っているのだろう。私が作り出した微妙な距離感にお構いなしに、マイペースに質問をしてくる。

「嫌いな食べ物はあるか？」

「いえ、特に」

「アレルギーなどは？」

「自覚したことはないですが」

「なるほど、それなら選択肢は多いな。パスポートは今持っているか？」

「……それを聞いてどうするおつもり？」

最後に怖い質問しないでよ！　心臓に悪いわ。

パスポートなんて普通持ち歩くものではないし、食べ物の質問の流れで聞くことでもない。

食べたいものがあれば海外にまで足を運ぶのがセレブの常識なの？

それにそもそも更紗名義のパスポートしか持っていないわけで、絶対にそんな展開になるわけにはいかない。

「今夜は中華もいいかと思ってな。台湾の小籠包はおいしいぞ」

「おひとりでどうぞ」

にっこりお断りする。

小籠包を食べに台湾にまで……。このノリなら、韓国料理を食べに韓国までとか、タイ料理がいいからタイへ、なんて平気で言いそうだ。

コーヒーを半分ほど飲み終えたところで、バッグの中のスマホが震えるのがわかった。

七々扇さんに下手に遠慮する必要はないと、スマホを確認する。予想通り久遠寺さんからだったが……なんと、このお店にあと一分で着くと書いてある。

「あら、お兄様が迎えにくるそうなので、そろそろお暇しますわ」

「なんだ、もう迎えが来るのか。シスコンというのは本当らしいな」

失礼な気がする言葉に突っ込むことなどせず、口もとをナプキンで拭った。

しかしこの人、なんで久遠寺さんが場所を知っているんだとか思わないのだろうか。

一瞬私も何故？　と疑問符がわいたが、答えなどひとつしかない。久遠寺家に支給されたスマホに、GPSが入っているのだ。きっとセレブのご家庭では当然のことに違いない。なにせ一般人より狙われるリスクが高いのだから、防犯意識も高くなくては。

そして一分も待たずに、目の前に見慣れた姿が現れた。

「桜」

「お兄様」

絶対店の前から連絡をよこしましたね？

内心呟きながら、ゆったりと歩いてくる和風美男子と対面する。

温厚でおっとりと微笑んでいる姿は見慣れているはずだが、よく見ると目の奥が笑っていない。めったに声を荒らげない人というのは、感情的にならなくても敵意を表すことができるのか。

いや、実際そんなものを見せているわけではないけれど、なんだかただならぬ気配を久遠寺さんから感じてならない。それは私にではなく、隣に座る彼に向けられているのだが。

「僕に無断で勝手なことをしないでほしいな、七々扇さん」

「成人した妹に対して随分と過保護なんだな？」

「もちろん。大切な妹に悪い虫がつかないよう、害虫駆除も兄のつとめだ」

「害虫じゃなければ駆除する必要はないだろう」

「それを見極めるのも僕の仕事だ」

周囲からは社交的な会話をしているように見えるはず。表情だけを見ていれば。

でも、私には思いっきりケンカを売っているようにしか見えない……

気のせいではないバトルだけど、表面上はにこやかなので、とても居心地が悪い。このまま立ち去るつもりだったが、冷めてしまったコーヒーのお代わりがほしくなった。

いやいや、硬直している暇はない。それよりもさっさと消えるのが先だ。バッグを掴み、立ち上がった。

「ここのお代は僕が」

「その必要はない。うちのホテルなのだから、私が払うのが筋だ」

「妹の飲食代をあなたに支払ってもらうつもりはない。今日のは非公式な会合でしょう」

「会合なんて堅苦しい場じゃないだろう。れっきとしたデートのつもりだが？」

「本人に通じていなければ、あなたの一方通行だと思うよ」

もう割り勘でいいじゃない……

帰る準備ができているというのに、サンドイッチ状態の私は硬直したまま身動きがとれない。

誘った側で、しかも自分のホテルなのだし、七々扇さんがお代を持つと主張するのは筋違いではないと思う。年上の男性だし、女性に払わせるなんて真似はしないだろう。が、何故かここでＮＯと言い続けるお兄様。……私が迷惑をかけたとでも思っているんだろうか。

埒（らち）が明かないので、近くに待機しているウェイターのお兄さんから私が伝票を奪った。

「自分の分は自分で払うわ」

「それはダメだ」

「桜の分は僕が払うから気にしなくていい」

間髪容れずに却下される。ならばもう好きにしてくれ……

呆れ気味に成り行きを見守っていたが、結局は七々扇さんがすべて持つということで話がまとまった。

久遠寺さんは若干不満そうだったが、渋々頷いた。そして、仲良しアピールをするように私の手を握ってくる。

「急に姿を消すから心配したんだよ」

「ごめんなさい、てっきりまだ休んでるのかと」

「こんな風に連れ去られないためにも、桜の寝室は僕と一緒にするべきだね」

「おい、度が過ぎるぞシスコン」

今度は確実に失礼な言葉で、七々扇さんが本音を言った。けれどどこ吹く風で、私の肩を抱いてくるお兄様。メンタル強い。

「今日のところはこれで失礼するよ」

「ごちそうさまでした、七々扇さん」

「こちらこそ、有意義な時間をありがとう。また誘うよ」

久遠寺さんは後者は聞こえていないふりをして、そのままスルーした。ホテルのエントランスへと私を連れて進む。

歩調は私に合わせてくれているけれど、眉間に僅かに皺が……

触れられている肩が奇妙な熱をもっている。なんだろう、この緊張感と重い空気は。

なにを話したらいいのかもわからない。十中八九私が悪いが、でも被害者だし。

「桜、ここから離れるよ」

そう呟いて、彼はタクシーに乗り込んだ。

車内の中で、私の手は久遠寺さんにかたく握られたままだった。

ほどなくしてタクシーが到着したのは、久遠寺邸の前ではなく静かな街の一角。

大通りから小路を一本、二本入ったところだ。道は綺麗に整備され、ところどころに街路樹が植えられている。

近くにはこぢんまりとしたカフェやアンティークショップのようなお店もあり、雰囲気のある町だった。

タクシーが停まったのは、外壁が真っ白な建物の前。その中には、たくさんのアートが展示されているのが見える。

なんだか海外にありそうなアートギャラリーだ。絵画が中心で、ほかにはモノクロ写真が何点か、壁に飾られている。

高い天井は吹き抜けになっており、風通しもよさそう。

ここは久遠寺さんのなんなのだろう？

「桜、こっち」

手を引かれたまま奥に続く通路を通り抜けて、言われるがまま階段を上る。

久遠寺さんが鍵を開けると、中は広々とした居住区になっていた。どことなく、久遠寺さんの自室の部屋と似ている。

大きな本棚があり、とても居心地がよさそうで、シンプルな部屋だ。必要なものしか置かれていないのに、殺風景には見えない。

「ここは？」

「僕が個人的に持っているギャラリーのひとつ。美大生や若い芸術家が作品を展示できるように支援しているんだ。毎月のこの日は休館日だから、今日ここを訪れる人はいない」

「そうなんだ、それはすごいね。……って、そうじゃなくて。どうしてここに来たの？」

若い芸術家たちが作り上げた作品を見て、インスピレーションをもらえと言われても反応に困るし。もしくは感想とか。

「屋敷に戻るよりここが近かったから。ここは僕のお気に入りの隠れ家だしね」

「隠れ家？」

「そう。でもここだけじゃないけど」

そう言って、彼は座り慣れているのだろう椅子に腰を下ろした。木の温もりを感じられる椅子は、年季が入っているように見える。でも職人が大切に作ったのだろうということもうかがえる、味わいのある椅子だった。

私も近くのソファに腰掛けた。

物珍しさと手持ち無沙汰でついきょろきょろする。

質問に答えてくれたようでいて、肝心の何故ここに連れてこられたのかはわからない。

まあ、久遠寺さんの本心はいつもわからないけど。

「次の相手の懐にもぐりこむのも、君にとっていい情報収集になるかと思ったけれど、しくじったな……。めったに日本にいないあの人が、まさか会いに来るとは」

独り言のように溜息をついている。珍しい、まさか弱音かしら？

まあ誰だって、一泊した人間のもとにホテル王が会いに来るなんて思わないよ……

まさしく運命の悪戯だ。

七々扇さんが私に会いに来たのは、久遠寺さんにとってはまったくの想定外だったらしい。新たな試練かと勘繰っていたから、そこは素直にほっとした。

私のことをじっと見つめ、彼はふとなにかを思い出したように立ち上がる。水の音がするから、洗面所にでも行ったのだろう。

戻って来た彼の手には、濡れたハンドタオルがあった。それを私の口もとに持ってくる。

「え？　なに？　どうしたの」

「不愉快なことを思い出したから。綺麗に拭かないと」

「は？　って、わっ！　ちょっと!?」

ぐりぐりと、決して強い力ではないけれど、入念にタオルで口もとが拭われる。ファンデーションが剥げるから！　という抗議の声もなかなか出せない。

「ま、待って、どうしたの？」

久遠寺さんの手首を握り、動きを止めさせた。見上げた先は、あからさまに不機嫌そうに眉根を寄せているレアな表情だった。

そんな顔もどこか艶っぽくて、気を引き締めていないと見惚れそうになってしまう。

「さっきあの男にキスされていたよね」

「え？　……いや、違う。誤解よ。キスじゃないから」

「ギリギリ唇の縁を舐められたりは？」

「……」

まさか目撃していたんだろうか……。どこからだろうと思いつつ、事実を告げる。

「クリームをとってもらっただけよ」

「なるほど、顔についたクリームを舐(な)めとられたのか」

　全部ばっちり見てんじゃん……。

　スマホに届いたあのメッセージは、私たちの様子を確認しながら打ったに違いない。

　ますます機嫌が悪くなる久遠寺さんに、顔のファンデーションを全部剥(は)がされる前に再度待ったをかけたが、私の抵抗は逆に彼のスイッチを入れたらしい。いつもより数段低い声に剣呑(けんのん)さがまざる。

「気に入らない。君が僕の見ていないところで男と二人きりになるなんて」

「そう言われても……。嵐さんのときだって、お兄ちゃん席外したじゃない」

「ねえ、いつから下の名前で親しげに呼ぶようになったの？　僕に対しても名前で呼ばないのに」

「十六夜さんって言いにくかっただけよ。それに女性ファンから名前で呼ばれてるし」

「あのイベントを見た一度だけで、君も彼のファンになったのか」

　これは一体、なんなんだろうか。

　久遠寺さんの名前は、私が妹役を演じている限り確実に呼ぶことはない。それにお兄ちゃんと呼ぶことは久遠寺さんの指示だったはずだ。

「えっと、どうしたの？　なんか面倒くさい彼女みたいになってるけど。まさか嫉妬(しっと)でもしてるの？」

そんなはずはないと思いつつ、確認せずにはいられない。

他の男と親しげに話していたり、唇に近いところを舐められたり。

確かに舐められたのはセクハラといえると思うけど、でもそんなことをされたからって、実の妹さんにも同じようなことを言うとは思えない。

「そうだね、僕は嫉妬しているようだ。君に無遠慮に近づき、触れてこようとする男全員に」

「…………え？」

ぽかんと口を半開きにした顔は、完全に更紗に戻っていただろう。

見目麗しい久遠寺さんの美貌が近づき、私の下唇が親指でそっとなぞられる。

「君を誰にも触れさせたくないし、他の男に嫁がせるつもりもない。僕以外の人間に頼ることも許さない。だから早く、七々扇大雅を振ってきなさい。いいね？」

「ええ？　……っ！」

無理難題をさらりと告げた直後。

一瞬の躊躇いもなく、久遠寺さんは私の唇を奪ったのだった。

第六章

――役者である以上、キスシーンは避けられない。

とはいえ、実際子役時代にカメラの前でキスシーンなどすることもなく――当たり前だが、それは私が今の仕事を始めてから考えるようになったことだ。

あっさりした唇の触れ合いなど、恋愛感情がなくたってできる。

そんな、どこか他人事な意見を抱いていられたのは、私がきっと恋を知らないから。心が揺さぶられるほど誰かに惹かれたことがない。おそらく、私はそういう性格なのだ。

ずっとそう思っていたのに――

今、ソファに座る私に覆いかぶさるように唇を合わせてくる男から視線が離せない。引力に呑まれてしまいそうな錯覚。急速に、彼へ意識が引き寄せられる。

思考は止まり、音も消える。

感じるのは速まる心臓の鼓動と、触れている唇の柔らかな感触だけ。

ときを忘れたように、お互い見つめ合ったまましばらくの間、唇だけを触れ合わせ続ける。先に動いたのはどっちだったのだろう？

気づいたときには、私の後頭部に久遠寺さんの右手が回っていた。

「キスをするときは、目を閉じるのがマナーだよ」

「……お兄ちゃんだって、閉じてなかったじゃない」

「こんなときにお兄ちゃんと呼ばれるのは、なんだか背徳感があるね」

くすりと小さく微笑んだ後、彼は私の唇についばむようなキスをした。唇が食べられてしまいそう。

ぞわりとした震えが背筋をかける。

何故こんなことをしているんだろう？　頭の片隅で疑問に思いつつも、淫靡（いんび）な空気が流れるこの空間を壊したくないと思った。

きっとこれは怖いものみたさだ。この先になにが待ち受けているのか、知ってみたいと私は望んでいる。その本能が、クライアントとこんなことをしてはいけないという理性を抑えつける。

酸素を求めて薄く開けた唇の隙間に、肉厚のなにかが入り込んだ。

あ、と思ったときには、私の口腔（こうこう）に久遠寺さんの舌が侵入し、歯列を割られていた。

「……っ」

緩やかな、性急さを感じさせない動き。それが逆に、官能を呼び覚ます。

ねっとりと舌が絡められて、むずむずぞわぞわしたなにかが身体の内側からわき上がった。

静寂な空間に響く、唾液音。その妖しさが鼓膜を震わせる。

決して室温は高くないはずなのに、くすぶる熱が私の体温を上げていた。

小さなリップ音とともに唇が離れていくのを、ぼうっと感じとる。薄く目を開いた先には、先ほどの比ではない色香をまとう久遠寺さんがいた。濡れた瞳を私に向けてくる。

「さ……」

「言わないで」

その唇がかすかに動いたのに気づき、私はとっさに動いていた。

ぼんやりしていた思考が徐々に晴れていく。

我に返ったとき、私の手は久遠寺さんの口をしっかり押さえていた。

彼は今、「桜」と呼ぼうとしたのか、「更紗」と呼ぼうとしたのか。

けれどこの状況では、どちらの名前で呼ばれても、私は拒絶しかできない。今の私は、仕事を受けている身なのだから。

手で久遠寺さんの口を封じたまま、ゆっくりと息を吐き出す。

「どちらの名前も呼ばないで。今なら行き過ぎたシスコンということにすれば、なかったことにできる」

度が過ぎたシスコン。

兄妹がするキスなんてものじゃなかったけれど、無理やりそう思い込めば、きっと忘れることだってできるはず。身体に触れられるのも、過激なスキンシップと思い込もう。

だって私は女優だから。

そう思う反面、それでは寂しいと思う自分も存在して――

自己主張をはじめる感情を持て余す。

自嘲の笑みが零れそうになったとき、彼の口を封じていた手がそっと外された。

「なかったことになんてさせない。君の名前を呼ぶことで、君のプライドを傷つける可能性があるなら今は自重しよう。だけど僕はもう我慢しないよ」

「我慢……？」

「そう、我慢」

なにを？

困惑する私を、彼はさらに困惑させた。

握られた手をひっくり返されて、掌の内側にキスが落とされる。

絵本の中で見かける王子のような仕草なのに、言葉にできないエロスを感じた。

「君と僕の関係性は兄妹だ。それは僕との契約期間が終わるまで変わらない。だが契約が終わったら、君の本名を堂々と呼べる立場になりたい」

「私の名を呼ぶ立場……？」

彼の真意はなんだ。

心臓がドクドク鳴っている。速まる鼓動には、隠しきれない期待が潜んでいた。

先ほどまで潤っていた口内がもう渇いている。

彼に触れられている手も、キスを落とされた手の内側も熱い。

「君が屋敷を去る日、僕は君に交際を申し込む。次は恋人として、僕の傍にいてほしい」

「……っ！」

直球な言葉に息を呑んだ。動けない私の手の内側に、再び唇が押しつけられる。

「僕が本気だという証と予約のキスだよ」

そんなことを呟かれては、冗談でしょうと笑い返すこともできない。

火照った顔が熱い。座っているのにくらくらする。

まっすぐ見つめてくるその目が訴えていた。自分を受け入れろ、と。

声に出さなくても、彼が私の名前を呼んだ気がした。

「嫌ならこの手を振り払ってほしい」

「……振り払えないくらい強く握られているのに？」

「それは振り払ってもらっては困るから」

くすりと笑う笑顔が眩しい。

私の答えなど、言葉に出さなくても彼はお見通しだ。だって私の顔は今、真っ赤なはずだから。そんなの、鏡を見なくったってわかる。

困惑と羞恥と、そしてうれしさが、表情から伝わっているだろう。

「タイムオーバーだ。これより先は、拒絶されても受けつけない」

「なんて傲慢な」

「傲慢な男は嫌い？」

「……人によります」

視線を逸らしたくてふいっと横を向くと、髪の毛をひと房とられた。それを優しい手つきで耳にかけられる。

耳まで赤いことがばれてしまった……。本当、いい性格をしていらっしゃる。

「悪い男に捕まってかわいそうに。きっと僕は君が思っている以上に、ずる賢い男だよ」

——それはもう気づいています。

口には出さずに呟いた声が、彼に届いていないことを願った。

椿の子供時代の記憶の中に、テレビで見たあるドラマがある。

タイトルもおぼろげで、ストーリーだって全部は覚えていない。だがそのワンシーンがとても印象的で、それが鮮明に残っているのだ。

それは当時十歳だった彼よりも幼い少女が、無表情のまま泣く場面だ。

ドラマの中でその少女は、事故で両親を亡くし、年の離れた兄と引き離されて別々の親戚に引き取られていた。

妹は金持ちの親戚に引き取られたが、使用人同然にこき使われる日々。兄は、町工場を営む子供のいない夫婦のもとに跡取りとして引き取られた。

そのドラマが、貧しいながらも不器用な愛情を受けて育った兄が、やがて事業を成功させ、不遇の妹を迎えに行くまでのヒューマンドラマでサクセスストーリーだったのだということに、大人になってから気づいた。

妹役の少女は、両親を亡くし最愛の兄とも引き離されたことで声を失っているという役。台詞は一切なく、だがだからこそ高い演技力が求められる。

視線の動き、僅かな表情の変化。家族と唯一つながることができた一枚の写真を、意地悪ないとこに目の前で燃やされたときの、無表情ながらも強い怒りと哀しみをこらえる目。

そんな難しい役を、彼女は十分な演技力でこなしていた。

なにより驚きなのが、言葉もなく涙を流す演技を、自分よりも幼い少女がしていたことだ。

泣き声もあげず、表情を変えることもなく、さらには手で目もとをこすることもせず、ただ静かに涙を流していた少女。それを見て、子供ながらに強い庇護欲（ひごよく）を感じたのを覚えている。

きっと、ドラマに自分を投影していたのだろう。

金持ちの家に生まれ、年の離れた妹がいる。そんな共通点しかないというのに、笑ってしまうほど純粋に、妹——桜は自分が守らねばと強く思ったのだ。

ドラマの中の少女の兄が、何故もっと早く迎えに行かないのかともどかしく感じていたから余計そう思ったのかもしれない。

椿に強い印象を残したその子役の少女は、いくつかのドラマや映画に出演後、姿を消した。

けれど特に大ファンというわけでもなく、ただ印象に残っている演技力に惹かれただけだったから、特別にその後、なにかを思うということはなかった。

『花染更紗です』と名乗った彼女と出会うまで、子役の少女のことなど存在も忘れていた。

だから、小戸森サラ——彼女の子役時代の名前を久しぶりに聞き、胸の奥からわき上がったのは、自分でもよくわからない感情だった。

ただ、強烈に興味を持ったことは確かだ。

芸能界を引退し、カメラの前で演じることを辞めた少女は、あれからいったいどんな人生を歩んできたのだろう。

はじめは好奇心で、彼女に無茶ぶりをした。

妹のふりをしてほしいという依頼も、もっと時間をかけて決断しようと思っていたのだ。さすがの自分も、普段なら、その日のうちに屋敷に住まわせるなんて性急なことはしない。

だが気づいたときには、彼女を屋敷に招いていた。あげくの果てにろくな説明もせずに桜を演じさせ、柔軟性と適性を図るなんて。我ながら勝手すぎるだろうと、苦笑する。

ああ、僕って意地が悪かったんだな——と、新たな一面を知った。

自由奔放（じゆうほんぽう）な妹を放置していたことがすべての元凶だが、椿自身はそれを悪いことだとは思っていない。

彼女の人生は彼女のものだ。

犯罪や危険なことに巻き込まれない範囲で、後悔しない生き方をしたらいい。

子供の頃は病弱で我慢ばかりしていた桜が、海外で好きに生きて人生の伴侶を見つけたのなら、その選択がうまくいくようにと祈り、必要であればサポートをするつもりでいる。

だから見合いの件も、穏便にすませられればそれでよかったのだ。

それなのに、更紗を強引に取り込み、彼女と必要以上に接触しようとしている自分がいた。

更紗をよく見ると、昔の面影が残っている。だが化粧と服装で桜役になりきると、その面影は綺麗に隠れる。椿はいつしか、素顔の彼女を見たいと思うようになっていた。

女性の素顔を見たいだなんて、ぶしつけな願望だ。まるで一夜をともにして、すべてをさらけ出した姿を見たいと言っているようなものだろう。

もし、彼女と寝たいのか？　と言われれば首を傾げる。そこまでの強い気持ちは、当初なかった。ただ、彼女のいろんな表情が見たい。

どんな演技を見せてくれる？

次に出会える新しい彼女とはどういう女性だ？

しかし膨れ上がる好奇心は、いつしか独占欲へ変わっていった。

一人目の五条遊馬のときは感じなかった嫉妬を、二人目の十六夜嵐には強く感じた。

——独り占めしたい、彼女が頼るのは僕だけでいい。

傲慢な感情がこぽこぽと溢れてくる。これほどなにかを欲したことも、女性に強い感情を抱いたこともはじめてで、自分でも戸惑いを感じた。だから消化するのに時間がかかってしまったが、思い返せば彼女と出会った瞬間にこの気持ちは始まっていたのだ。

振り回される彼女の表情をかわいいと思うのも、もっといろんな一面を知りたいと思うのも、すべては彼女に惹かれていたから。やがてその想いは、強く激しいものに変わっていた。彼女の素顔を見たい。彼女の衣服を剥ぎ取り、すべてを愛でたい、と。

今、同じ質問をされたら力強く頷くだろう。当然彼女と一夜をともにしたい、と。

もちろん、一夜だけではなくこれからもずっと傍にいてほしいと望んでいる。けれど性急に動きすぎて逃げられては意味がない。

一ヶ月という期間の中で、どれだけ密度のある時間を過ごせるかが重要になるだろう。兄を慕う妹を演じる彼女も純粋に甘やかしてかわいがりたいが、偽物の兄妹ごっこは期間限定でいい。

「お兄ちゃん」と呼ばれるのも決して悪くない。しかし自分ははじめから、彼女をひとりの女性として見ているのだから。

「――屋敷を出た直後に、捕獲すればいいかな」

兄ではなく、椿として接するように変えていく。そして彼女もまた、椿を兄でなくひとりの男性として意識するようになればいい。

そんな計画を練っていた僅か数分後、同じ室内にいると思っていた更紗が、そのホテルから忽然と姿を消しているのに気づいた。スマホに届いていたメッセージを見て、何者かが彼女を連れ去ったことを察する。その人物が誰なのかも——

「やはり厄介なのはあなたか……」

三番目の男、七々扇大雅。

この男が更紗に本気になるとは思えないが、万が一ということもある。そうなったら目もあてられない。

はっきりと己の気持ちを自覚した今なら、なにも躊躇うことはない。

欲望に忠実に。

彼女の意思を尊重しつつ、屋敷を去る前に彼女の心を自分へ向かせなければ。契約が終わると同時に交際を申し込むのでは遅いかもしれない。

生ぬるい手段ではなく、決定的な未来への約束を交わそう——

「僕のかわいい人を、どこへ連れ去ったのかな、あの男は。ま、どこにいてもGPSがついてるから追跡可能だけど」

万が一にもあの男に惚れてしまっては困る。

彼女を守るのは自分だけでいい——そう思いながら、椿はホテルを後にしたのだった。

久遠寺さんの告白を受けたその日の夜から、私たちの関係に変化が起こった。

この屋敷を去るまでは今までと変わらないだろうという私の読みは、甘かったらしい。

「桜、おいで」

「……おいでって、子供や犬じゃないんだから……」

口では呆れ気味にそう返すが、声にこめられた甘さに心臓がドキッと反応する。

いつも通りの夜だと思っていた。だが、妹を猫かわいがりする兄を演出しているだけだというには、その声には隠しきれないなにかがあった。

それに気づかないほど、久遠寺家の使用人は鈍感ではない。

竜胆さんは僅かに目を瞠り、久世さんはにっこりと笑みを深めていた。

周囲から生ぬるい視線を感じる……

ひとり冷汗をかく私を、いい性格をしていらっしゃる久遠寺さんは穏やかに微笑んで観察するだけ。

今は兄妹！　と視線のみで久遠寺さんに訴えかけながら、渋々彼の後を追う。

「どこに行くの？」

「内緒」

使用人の方々の姿が見えなくなると、すかさず手を握られる。

これは兄妹としての距離感としては、ぎりぎりセーフ……と自分自身に言い聞かせるが、久遠寺さんのナチュラルに誑し込んでくるこの手腕。恋愛遍歴がとても気になる。

たどり着いたのは、屋敷の最上階のテラス。

ガラス戸を開けた先には、白いクロスがかけられた丸いテーブルと、椅子が二脚あった。

テーブルの中央に薔薇が一輪飾られており、ステンドグラスのような容れ物に入ったキャンドルがふんわりと場を明るくしている。そしてテーブルの隣にはワゴンが。そこに飲み物などが用意されているのだろう。

「テラスでお茶会?」

「いや、月見酒かな。今夜は月が綺麗だから」

空を見上げれば、丸いお月様が皓々と輝いている。澄んだ夜空には、瞬く星も。

「さあ、座ってお姫様」

久遠寺さんが椅子を引き、私に座るよう促す。

いつもは竜胆さんか久世さんがする給仕を、今宵は彼自らやるらしい。

なんだろう、このドラマのようなシーンは。

月明かりに照らされた久遠寺さんの美貌が数倍増している。シンプルな椅子を引いて私を待つ姿さえ、現実味がない。

「ありがとう」

お礼を告げ、その椅子に腰かけた。

彼は慣れた手つきでグラスを用意し、ワインクーラーからボトルを取り出す。

「シャンパンを用意したんだ。あとフルーツとピスタチオも」

ポンという音とともに、シャンパンのコルクが開く。用意されたシャンパングラスへ注がれるのを、私は黙って見つめていた。

しゅわしゅわと、泡が涼やかな音を奏でる。

久遠寺さんがボトルを握る手が思いのほか男性らしくて、この人は手まで綺麗なんだなと思った。男性として意識してはダメだと思えば思うほど、緊張感が増す。

「ぶどうといちごがたくさん」

「いろんなブランドがまざってるから、楽しめると思うよ」

「利き酒ならぬ利きいちごとかできないけど、でも楽しみ。ありがとう」

グラスを持って乾杯する。

夜風をほとんど感じないので、外のテラスでも寒くない。

こくりと一口飲むと、喉奥で炭酸がしゅわっと弾けた。甘さが控えめで、軽くておいしい。

オシャレな演出だなと思いつつ、この場が他の人の目から隔離された場所なのが気になる。私は内心少し身構えた。

「はい、桜。口開けて?」

「えっ」

いちごを指でつまんで小首を傾げる美形の破壊力が半端ない。

もしかしなくても、私にあーんをさせたいのだろうが、そんな甘々な行為をするには羞恥心(しゅうちしん)が邪魔をした。

「恥ずかしいから嫌」

「何故? ここには僕たちしかいないのに」

「……お兄ちゃんに口の中を見られるのが嫌」

「僕は桜の隅々まで見たいな」

……それは変態臭が漂っていないか、お兄様。

問題発言はスルーして、私は口を閉ざした。

けれど、彼の温厚な笑顔には、冗談やからかいの色が見当たらない。

沈黙を続けていたが、その体勢のままじっと待つ彼に、私は渋々折れた。ようは大きく口を開けなければいいのだ。

キャンドルのライトがあるといっても、昼間のように明るいわけではないのだから。

「はい、あーん」

唇にいちごを押しつけるようにされ、恥ずかしさを押し殺して口を開ける。

いちごから、瑞々しく甘い匂いを感じた。

一口齧ると、ほんのりと酸味のある甘い果汁が口内に広がる。これならいくらでも食べられそうだ。シャンパンにもよく合うだろう。

「おいしい？」

「おいしい……こんな甘いいちごはじめて食べたかも」

「そう、君のはじめてを与えられたのならうれしいね」

なんでかいちいち発言を卑猥に感じるのは、私の心が汚れているからか。

半分ほど残ったいちごをさらに齧り、結局最後まで久遠寺さんに餌付けされた。

フレッシュないちごの果汁が、唇の端から零れる。ティッシュを目で探るが、見当たらない。ならばと口もとについた果汁を指でぬぐうと、その手を久遠寺さんに引き寄せられた。

彼が当然のように、私の汚れた指を舐めとる。

「うん、甘い」

「……っ」

あなたのその眼差しのほうが甘いよ！

心の悲鳴は、声にはならなかった。

決して強く握られているわけではないのに、振りほどけない。それは、私自身が彼の体温を感じていたいからだろうか。私の女の部分が表面に浮き上がり、妹としての顔が剥(は)がれ落ちそうだ。

掴まれた手に、キュッと力が込められた。

至近距離で私を見つめてくる久遠寺さんの瞳に吸い込まれそう。

抗(あらが)いがたい引力に身を委(ゆだ)ねるのは怖いのに、逆らわずに落ちてしまいたくもなる。

相反する心に戸惑いながら彼を見つめ返していると、久遠寺さんの口もとがゆっくりと動いた。

「唇を薄く開けて」

艶(つや)を含んだ声に命じられる。

また餌付けだろうか？　とぼんやりした思考を動かしていたら、いつの間に手に持っていたのかわからないなにかを、唇の隙間に入れられた。

薄くて滑(なめ)らかなそれは、真っ赤な薔薇(ばら)の花びら。

「ゆっくり唇を閉じて。そう、唇全体に押しつけるように」

謎の要求に困惑しつつも、ベルベットのような感触の花びらを唇全体ではさむ。

これはなんだろう？

「ああ、綺麗に色がついたね」

「どういう……え？」

その疑問は、久遠寺さんが用意していた手鏡によって解決した。

鏡に映る私の唇が、くっきりと赤く色づいている。

食後にルージュを塗った記憶はない。自宅にいる時ルージュを塗る習慣がないので、屋敷内では唇は放置だ。

だというのに、私の唇は鮮やかな色をしている。今押し当てたものによってつけられたとしか考えられない。

久遠寺さんが指でつまんでいる赤い薔薇の花びらを凝視する。

「え、どういうこと？　それって薔薇の花びらよね」

「うん、でもただの花びらじゃないんだ。まだ試作段階なんだけどね、この花びらの表面には特殊な加工を施していて、これを唇に当てれば今の君のように唇が染まる」

「薔薇の花びらが口紅？　オシャレだけど、なにその演出……高そう」

「そうだね。この薔薇ひとつで数万するから」

「高っ！」

この薔薇と言ったのは、テーブルの真ん中に飾ってある薔薇のことだ。

よく見ると、一輪挿しの中に水は入っていない。本物そっくりの薔薇の花びらに、特殊な口紅が薄く塗られているそうだ。それを一枚ずつ剥がして使うらしい。

ひとつの薔薇には、八枚ほどの花びらがついている。

これは久遠寺家の系列会社が開発し、まだ市場には出回っていない限定商品とのこと。高いけれど、ブランド力のあるところから新商品として発表すれば、きっと注目されるだろう。

「この薔薇のルージュは、〝Fall in Love――恋に落ちたふたり〟という名前で、恋人へのギフトを想定している。これは今年のクリスマスコレクションのサンプルだよ」

男性から女性へ贈られる特別な花。

値段は高いけど、高級なブランドものなら納得のクオリティだ。

女心をくすぐる贈り物は、ロマンティックなだけじゃなくエロティックでもある。まさしく、恋に落ちた二人には情熱的な夜が待っていることだろう。

改めて鏡の中の自分をじっくりと見る。唇を触るが、なにかを塗ったという感覚はなくて、でもしっかり色づきがいい。ゆっくりと指で唇をなぞれば、指先にうっすらと紅の色がついた。

「なんてオシャレな。でも花の形状だから、花びらが乾いてあまり保たなそうだけど」

「ケースに入れて保管すれば半年は保つよ。保存状態にもよるけど」

「私だったらもったいなくて使えないわ」

庶民なので、一枚いくらか、とか考えて指が震えてしまいそう。

空いたグラスにシャンパンが注がれる。久遠寺さんのグラスに私も注ぎ、二杯目をこくりと飲んだ。

「普段はもったいなくても、大切な日というのは誰にでもあるだろう？　誕生日とかの記念日など、女性が一番綺麗に見せたい日。僕は男性も、大切な女性の美に貢献するのはいいことだと思うよ」

まるで私がその大切な女性なのだと言っているように聞こえ、落ち着いていたはずの心臓がまた騒ぎ出す。

久遠寺さんはワゴンの中から、ガラスのケースを取り出した。六角形の、それだけで綺麗なケースの中に、薔薇の花のみをしまう。なんと茎は取り外し可能。

ことり、とケースの蓋が閉められる。それはまるで本物の薔薇を氷の中に閉じ込めたみたいで、間違いなく女性が好きなやつだ。

「これは僕から君へ」

「え？　くれるの？　ありがと……」

目の前に置かれたケースに触れようとしたところで、久遠寺さんがケースの蓋に手を置いた。

……何故そこで子供じみた意地悪を……

決して言葉にはしないが、目は口ほどにものを言う。彼は苦笑気味に訂正した。

「これは君のものだけど、僕が保管しておこう。出かける前に僕がそのかわいい唇を鮮やかにしてあげる」

「っ⁉」

お酒が入っていなくてムードもない素面のときに、今と同じことをされると？

「結構よ」と思わず拒絶の言葉を吐いた。が、メンタルのお強い久遠寺さんはどこ吹く風。

「遠慮しないで。この薔薇以外にも君の唇に似合うルージュを取りそろえたばかりなんだ。これから毎朝、君の部屋に寄って僕自ら色をつけてあげよう」

まるでグッドアイディアだとでも言わんばかりの笑顔に、冷汗をかく。喜々として言っているけれど、あまり歓迎できない。

なにせ彼は今、口紅を塗る係を申し出ているのだ。この御曹司様は一体どういう感性をしていらっしゃるのか。

それに口紅を塗るだけじゃなくて、私の唇も食べられるんじゃ……

味見と称して、キスがはじまりそうな予感がひしひしとする。それを大して拒絶できず、受け入れてしまいそうな自分も——容易に想像できた。

——突如強い風が吹いた。

「きゃっ！」

フッ、とキャンドルが消える。

肌寒さから、くしゃみも出た。

「ああ、風が出てきたね。そろそろ中に入ろうか」

私を抱きかかえるように、テラスから室内へ誘導するお兄様。どさくさに紛れて必要以上に密着度が高い。

「待って、片付けが」

「竜胆がするから、心配ない」

そうか、ここのセットアップも竜胆さんがなさったのか……

部屋まで送り届けられて、久遠寺さんにおやすみと挨拶する。

「お休み、よい夢を」

チュッ、とすかさず私の額にキスを落としてくるこの方は、純日本人の顔をした欧米人なんじゃないだろうか。

「薔薇のルージュをつけた君とのキスは、また今度……ね」

「……っ！」

久遠寺さんは妖艶に笑い、私の耳もとに囁きを落とした。

この男、やはり侮ってはいけない。危険な男なのだと、私の脳が最大限に警報を鳴らす。けれど同時に、心臓もドキドキしっぱなしで——

悔しいことに自室へ逃げ去ることが、私にできる精一杯だった。

第七章

「早く振られておいで」

久遠寺さんにそう見送られた私は、そのミッションを達成するべく、本日ラスボスと対面することとなっていた。

人の皿から食べ物を強奪する初対面の女なんて、普通嫌だろうから、向こうから断ってくるはず。

そうして指定されたのは、先日宿泊していたのとは別のホテルのジム。なんでも自由な時間として邪魔されず、かつ人目を気にしないで話せるタイミングがそこしかないと。会いたきゃ俺の予定に合わせろよ、ということだろうか。なかなかいい性格をしていらっしゃる。

七々扇さんと二人きりで会えるのが、昼食後の十三時から十四時の一時間。それ以外だと、なにかと大勢が集まる場所でしか会うことが叶わないそうだ。

人目があるところに赴(おもむ)くのは、得策ではないだろう。

ということで予定が整ったのだが……何故今私は、目の前で水を得た魚のように泳ぐ七々扇さんを観察しているのだろうか。

「……なんでプール？　そしてなんで本気で泳いでるの」

ホテルのフロントで名前を告げて、案内された場所がプールだった。ジムっていうから筋トレとかを想像していた。それがプールって本気か？　と疑ったら、本気だった。

しかもこのジム、ＶＩＰ専用らしく、今使用しているのは彼ひとり。

いくら呼び出されたからとはいえ、ワンピースにパンプスを履いている私がプールサイドに立ち入ってもいいのだろうか？

それに人目がないところで二人きりというのも、外聞が悪いのでは。

塩素の匂いを嗅ぎながら立ち尽くすこと十分。思ったより早く――それでも長いが――、七々扇さんがプールから上がった。

「待たせたな」

ずぶ濡れ状態の七々扇さんが、髪の毛をかきあげながら近づいてくる。逞しい胸筋と上腕二頭筋、そして鍛えられている腹筋が目に入って、思わず視線が泳ぐ。

男くさい色香はご遠慮します。

「そう思うならさっさと上がったらよかったのでは？」

「悪いが、一度泳ぎ出したらノルマを達成するまで中断なんてできない」

彼なりのこだわりがあるらしい。面倒なので「そうですか」と流しておいた。

「今日は過保護なお兄様は来ていないのか？」

「兄も仕事がありますので」

平日の昼間だし。

急ぐとか慌てるという姿とは無縁に見える彼も、忙しいご身分なのだ。働かなくても優雅な生活を送れるが、自堕落（じだらく）に生きるつもりはないと言っていた。それを聞いて深く頷いてしまったのは余談だ。

「そうか。桜も泳ぐか？」

「ご遠慮します。今日は泳ぎではなく話をしに来ただけです」

プールに無理やり引っ張られないよう極力彼から距離をとった。

「もちろんだ。私も桜に話がある」

え、なにそれ聞くの怖い。若干身構えた私に、七々扇さんがお構いなく近づいてくる。

「話って、なんですか？」

長身でがたいのいい七々扇さんを見上げると、彼は大人の包容力を匂わせる余裕の笑みを浮かべた。

「結婚式の日取りはいつがいい？」

「………仰（おっしゃ）っている意味がよく」

「私としては、デスティネーションウエディングがいいんじゃないかと思う。日本ではなく海外で挙式をしたほうが都合がいい。身内と信頼できる友人のみを招いた式だ。もちろん、花嫁の意思を尊重しよう。ハネムーンの場所も結婚式のプランニングも、君がやりたいようにすればいい。遠慮はいらない」

「待って、ちょっと待ってください。まさかと思いますけど、あなた私と結婚するつもりなんですか？」

「寝ぼけているつもりはないが。ああ、着替えたら婚約指輪を買いに行こうか。桜の指によく似合う石がなければ取り寄せよう」

……ヤバイ、話が飛びすぎている。

振られて来る予定が、まったくもって予想外の展開。なぜ私を気に入ったのか、さっぱりわからない。

色気より食い気の演出が甘かったの？

大きな認識の違いに唖然とするが、そんな暇はない。

丸め込まれてしまいそうなやり手の経営者に対しては、ここではっきり言わないと絶対面倒なことになる。私はこれ見よがしに、大きな溜息をついた。

「ホテル王として世界中に名前が知られている方とは思えない、浅慮（せんりょ）で性急な決断ね。私のこと大して知らないくせに、結婚を申し込むなんて。呆れちゃうわ」

「おいしそうにパンケーキを頬張る姿が気に入り、食事も楽しかった。それだけで十分な判断材料だが？」

「食が合う女性なんてそれこそごまんといるでしょう。あなたの食事に喜んで付き合いたい女性は、世界中に散らばっているわ。それにたった数時間私と過ごしただけで、私のことを知ったつもりになるなんて、それこそどうかして……」

「知っているさ」

かぶせるような彼の発言に、口を閉ざす。

じっと七々扇さんの目を見つめていると、なにやら足もとが冷えてきた。猛烈に嫌な予感がする。

私が黙ったことで、彼はもう一度同じ台詞を繰り返す。

「知っている。桜が本当は桜ではないことを」

「…………え？」

落とされた爆弾に、私の頭の中が一瞬真っ白になった。

さらりと問題発言をした男は、タオルとスマホを持って戻って来る。その僅かな時間に逃げればよかったのかもしれないけど、身体が硬直して動かない。

「三ヶ月ほど前に南米で開かれた船上パーティーで、私と君は会ってる。ご夫婦で参加されていたので、挨拶も交わした」

スマホの液晶画面に映っているのは、化粧が多少濃いが久遠寺家で見せてもらったアルバムの人物――つまり本物の桜お嬢様だ。現在キュラソー島に在住している、その彼女。

くるぶしまでの真紅のロングドレスを着て、ショールを羽織っている。髪の毛は黒でワンレン。艶やかな黒髪は、海外ではオリエンタルビューティーとして羨ましがられるだろう。

お隣にいるラテン系な顔立ちの男性が、恐らく桜さんの旦那様。年上らしく、口もとに髭を生やしている。目尻に皺が刻まれていて、優しげな面立ちだ。

七々扇さんと一緒に撮られているスリーショットは、CGを使っていなければ本物だろう。

そしてこの話は、恐らく久遠寺さんも知らない。知っていたらこんな茶番をしたり、私に振られて来いと命じることもなかっただろうから。

指がスマホの画面をスワイプし、次々違う写真を見せられる。

何枚も続く、パーティーの写真。これだけ見せられれば、本物だと思わざるを得ない。

無表情を装っているが、今、私の頭はフル回転中だ。それでも、ここを切り抜ける術が見当たらない。

「さて、順序がおかしくなってしまったが、改めて問おう。君の名前はなんだ？　偽物令嬢さん」

水も滴るいい男——

濡れ髪に裸同然の美丈夫に壁際に追い詰められ、私は完全に逃げ場を失っていた。

オーマイゴッド。普段は神様の存在を忘れているのに、窮地に立たされたときだけ縋りたくなった。

ここは腹をくくるべきか……

契約外のことが起きたのだ。それならばクライアントである久遠寺さんの意向通り、とにかく振られることを優先しよう。

視線だけは意地でも逸らさず、私は色気を垂れ流しにしている目の前の男に向かって微笑んでみせた。

「別人と知りながらプロポーズをしてきたのは、私の反応を探るため？」

「質問に質問で返す女性は好きではないな」

「それはありがとう、ぜひお断りの連絡を久遠寺家へ入れてくださいな」

よし、逃げよう。

にっこり挑発的に笑って、この腕の囲いをどかせと視線で訴える。が、むしろさらに身体が近づいてきた。

近い近いっ！　私まで濡れちゃう！

タオルを首もとにかけていても、水気は拭われていない。塩素の匂いを感じながら「どいてください」と言った。

「嫌だ」

「嫌って……こんなところを誰かに見られたら困るのでは？　壁ドンも立派な恐喝罪になるそうですよ」

「たとえそうだとしても、君は私を訴えないだろう？　先に騙していたのは君であり、久遠寺家だ。弱みを抱えているのは私ではない、君たちだ」

すっと顎を持ち上げられる。彼の視線には、真実のみ答えろという、支配者としての傲慢さが滲みでていた。

捕食者に睨まれた獲物……。渇いた喉に、ごくりと唾を流し込む。

「先ほどの質問に答えよう。君が偽物だとはじめから知りながら、あの日ホテルの部屋に会いに行った。どういう女性が久遠寺椿のもとで妹として過ごしているのか、興味があったからな。だから、私は名前こそ桜と呼んではいたが、別人と知りつつこの縁談を進めようと思った」

「……久遠寺さんがどう出るか気になったから？」

悪趣味な……

しかしこの男は首を振った。

「その気持ちが半分、そしてもう半分は君を気に入ったから」

「……つまり、偽物(にせもの)令嬢に価値はないと知りつつ、結婚式を挙げようと？　どこの誰ともわからない女と。正気ですか」

「女の価値など俺が決める。家柄など些末(さまつ)なことに興味はない」

一人称が変わったことで、素(す)の彼が出ている。ヤバイ、一体どこでスイッチが入ってしまったのだろう。

手強い相手はそれでもぎりぎり紳士で、私の唇を無理やり奪うような真似はしていない。

「質問を変えよう。君は久遠寺椿のなんだ？」

「黙秘します」

「久遠寺家の遠縁か」

「黙秘します」

「それとも雇われただけか」

「黙秘します」

「ならば久遠寺椿の恋人か」

「……黙秘します」

恋人ではない、まだ。

私が彼の気持ちに言葉で応えていないのだから、今はまだ、のはずだ。

けれど僅かな間から、微妙な関係性を嗅ぎ取ったらしい。七々扇さんの眉が顰められた。

「あの男の執着と過剰なまでのシスコン——いや、独占欲か。妹に対して過保護すぎると思っていたが、君が彼の特別だとしたら納得がいく。自分の大事な女性を妹として傍に置き、あげく見合い相手に引き合わせるなど、酔狂な遊びとしか思えないがな」

うっ……言葉にされると破壊力が……。

酔狂な遊びと言われると、否定できない。いや、もちろん久遠寺さんの言い分を十分理解できたからこそ、この仕事を引き受けたんだけども。

「君の名はなんだ」

「そんな映画ありましたよね」

「いい加減はぐらかすのはやめにしないか。このままはぐらかし続けるのなら、こっちもプロを使って調べることだってできるんだぞ」

「何故そこまでして……」

お金に糸目をつけない金持ち思考怖い。やると言ったらとことんやりそうだ。

私は観念して、名前だけを教えた。

「サラ。それ以上は教えられません」

子役時代の芸名だけど。

でも今はそれで十分だったらしく、七々扇さんは私を腕の囲いから解放した。

「今はまだそれでいい。ではサラ、次はなにを食べに行こうか」

「いえ、私はもう二度とあなたの目の前に現れませんので、どうぞお忘れ……」

「ひとりだけ終わったことにして逃げようとしても無駄だぞ」

不穏すぎる発言が心底怖い。

もう、私はキャパオーバーだ。それにこれ以上は、私ひとりの勝手な判断で行動はできない。

「ひとまずこの件は社——久遠寺家に持ち帰らせていただき、後日返答いたします」

そう、無理難題を吹っ掛けられた社会人の常套句のようなセリフを口にし、私はその場から逃げ去った。怖くて後ろなんて振り向けない。

迎えの車を待っていられないので、電車で帰ることにした。久遠寺家の最寄り駅に到着するまで、私の心臓はなかなか落ち着かず、駅にお迎えに来てくれた久世さんを見て、ようやく心底ほっと息をついた。

「お疲れ様でございました、桜様」

「いつもありがとう、久世……」

自室に戻り、疲れた身体をベッドに横たえる。

そのままいつしか眠っていたらしい。目が醒めたとき、辺りはすっかり暗くなっていた。

「今何時……」

呟いた声に返事があった。

「そろそろ夕食の時間だよ」

「っ！」

がばりと起き上がると、身体の上にブランケットがかけられていたことに気づく。

部屋に響いた、耳に心地よく安心感をもたらしてくれる、私の好きな声は——

「久遠寺さん……？」

「まだ寝ぼけているようだね」

ソファから立ち上がり、近づいてくる。身体にかけられたブランケットから、ほんのりと久遠寺さんの匂いがした。

「私、寝入っちゃったみたい」

「疲れがたまっていたんだろうね。眠れるときに寝たほうがいい」

私の隣に腰かけて、乱れた髪を直してくれる。彼の手の温もりが心地よくて、まだふわふわと夢心地な気分だ。

まるで本物の兄のよう……

慈しみのある声と掌の温かさが、心の安定剤になる。

流れるような動作で、久遠寺さんが私をふわりと抱きしめた。

髪を梳いていた手は私の後頭部へ回り、反対の腕が腰を抱く。

「お兄ちゃん？」

「ああ、目が醒めてきたようだね。残念。でももう少し抱きしめてていいよね？」

疑問形だが、離すつもりはないという明確な意思が伝わってくる。抱きしめる腕の力が弱まることはない。

心臓がドクンと脈打つと同時に、頭の中がクリアになり、今日の出来事を思い出した。そして、七々扇さんとのまずすぎる状況も、しっかり思い出す。

この体勢のまま言うのは憚られるが、のんびりしている場合でもない。私は久遠寺さんに抱きしめられたまま、話があると切り出した。

「……七々扇さんに、私が偽物だとバレていました」

ぴくりと久遠寺さんが反応した。

彼は私の後頭部を優しく撫で、ゆっくり顔が見える範囲まで身体を離す。……腰に回した腕はそのままで。

「詳しく聞かせて？」

「証拠写真を見せられました。桜お嬢様と恐らく彼女の旦那様、そして七々扇さんが写っている写真を。南米での船上パーティーで、三ヶ月ほど前に挨拶したことがあるそうです」

「聞いてないな……」

彼の、こんなに険しい表情は珍しい。

眉根を寄せて思案に耽る久遠寺さんのその様子から、やはり彼は桜さんからなにも聞かされていないとわかった。

「写真は一枚だけ？」

「いえ、何枚も。他の方たちと写っているものもありました」

「桜本人に確かめる必要はあるが、その写真が偽物という可能性も捨てきれない。どこかで桜の写真を入手し、巧妙に合成写真を作ったとしたら。かまをかけられたかもしれない」

「うわあ……」

思わず、申し訳ないと謝罪する。

かまをかけられていた場合、引っかかったのは私のミスだ。最後まで桜としてごり押しし、知らぬ存ぜぬなにを申しておる？　という態度を貫き通すべきだった。

「仕方ないよ、こちらのミスでもある。それに写真が本物の可能性ももちろんある。いやむしろ、そちらのほうがありうる。妹は成長するにつれて大胆で豪快な性格で、悪く言えば大雑把に育ってしまったから。忘れてたと言われる可能性のほうが高いな」

そんな大事な情報を忘れてたと言われたら、私は一体どうすれば……

まあ、この仕事にトラブルはつきものだ。むしろ、なにも起こらず平和に依頼を遂行できたことなど、今までの経験でも数えるほどしかない。

「それで、七々扇大雅は君になんて言ったの？」

「ハネムーンはどこに行こうかと……」

「……ハネムーン？」

あ。今度は私が我に返る番だった。

馬鹿正直にうっかり言ってしまったが、今の発言は非常にまずい。

「あの男は君が本物の桜じゃないと知りながら、この見合いを進めようとしている。そういうことかな？」

「えっと……」

「僕に嘘はつかないよね？」

クライアントに嘘をつくなどとんでもない。私は洗いざらい今日起こったこと――ただし壁ドン以外――を話す。

「でも、私の出方を見たくてかまをかけた可能性も」

「それはないだろうね」

何故言い切れるんだ……

すべてを聞き終えた久遠寺さんは、珍しく大きな溜息をついた。そして私をギュッと抱きしめ、首もとに顔を寄せてくる。

「え、っと？」

「君は誰にも渡さないよ」

「……」

それは、七々扇さんが言っていた独占欲だろうか？

こんな状況、慣れていなくて硬直する。心臓の鼓動が久遠寺さんに伝わってしまいそうだ。

顔をあげて私を見つめる黒い双眸（そうぼう）には、静かに燃える情欲の炎が宿っている気がする。

「お兄ちゃ……」

「今それは聞きたくない」

「ンッ！」

唇を塞（ふさ）がれ、押し倒された。ベッドに座っていたので、私の身体はそのままマットレスに受け止められる。

口づけは、すぐに深いものへ変わった。

久遠寺さんの舌先が私の唇を舐（な）めて、僅（わず）かな隙間からねじ込まれる。口内に侵入したそれは明確な意思を持って動き、私の舌を見つけ出して執拗に攻めてきた。

逃げる隙すら与えられない。私にお構いなしに、彼の舌は粘膜をこすり、私の官能を高めていく。

こくり、と溢れる唾液を嚥下する。

貪られていると表現するのがぴったりなほど、私の唇は彼に塞がれ続けていた。

与えられる熱が激しくて、思考がどんどん溶けていく。

普段はおっとりした雰囲気で、仕草も優雅なのに、この人も紛れもなく雄なんだと認識させられた。

内側に秘めた激しさは、彼の愛情の深さか。

握られていた私の手は、いつの間にか久遠寺さんの首の裏に回っていた。まるで自分からキスを強請る体勢だ。

振りほどかなくては……。そう思うのに、それができない。

薄れゆく理性とは逆に、本能が強くなっていく。嫌悪感は一切感じない。

もっと触れてほしいという、浅ましいまでの女の性をはじめて自覚した。

「はぁ……っ」

「そんな目で見つめられたら、止まらない」

吐息まじりのかすれた声が、耳もとに落ちる。下腹の奥がきゅうっと疼いた。

こっちこそ、そんな艶っぽい声で囁かれたら、普段自覚していない欲望が抑えきれなくなってしまう。

この人の熱がほしい。もっといっぱい、私を満たして——

それが一時の感情なのかなんて、正常な思考が機能していないこの状態ではわからない。

だけど大事なことは、後悔するかしないかだ。たとえこの人との未来がなくても、私は今触れ合うことを後悔しない。

この人の名前をきちんと呼べる日が来るまで、一線を越えてはいけないとわかっていても、もう少しだけ、彼の温もりを感じたいと願う。

「やめないで……」

「……っ、君の名前を呼べないのがもどかしい」

私がこの屋敷を去るまで、当初の予定ではあと一週間。けれど三人目のお見合いが破談になるまで、依頼は完了しない。

堂々とこの屋敷を桜として去ってから、私はようやく更紗に戻れる。

もどかしさもあと少しの辛抱。更紗に戻ったら、私も彼に気持ちを伝えられるだろう。

私もあなたが好きです……、と。

衣擦れの音が小さく響く。

気づけば、彼に服を剥ぎとられていた。その手際のよさに、大人の男性なんだと意識せざるを得ない。

「あ、待って……」

「ダメ、待てない」

着ていたワンピースはベッドの隅へと放り去られ、今の私は久遠寺さんに下着姿を晒している。上下セットを着ていてよかった……と頭の片隅でほっとする余裕はまだ残っていた。

爽やかな薄い水色の下着は、購入してから日が浅い。ブラのカップのレースと肌の境目に、久遠寺さんが指を滑らせる。

「ひゃッ……」

「日焼けを知らない肌だ。白くておいしそう。人目に触れる場所に痕をつけるのはまずいけど、ここなら大丈夫だよね」

私の承諾を待たず、彼は私の胸もとへ顔を寄せた。

そのまま胸のふくらみに口づけが落とされ、チリッとした痛みが走る。

「ンッ……！」

きつく吸いつかれたのだと知ったのは、赤い花が綺麗に咲いた後。

実際にキスマークをつけられたのははじめてだ。鬱血痕だとわかっていても、彼とのつながりを身体に刻まれることが嫌ではなかった。

「ああ、綺麗についた。白い肌によく映える」

チュッ、と触れるだけのキスが首筋に落ちる。そのまま鎖骨へ唇が下り、私の体温を高めていく。

彼の手が背中の肩甲骨に回り、胸が締めつけから解放された。

「鮮やかすぎ……」

「なにが？」

くすりと笑いながらブラジャーを脱がされては、敵う気がまったくしない。

両腕で胸を隠すけれど、すぐさま手の自由が奪われた。

「隠すの禁止」

「だって、恥ずかしい……っ」

「綺麗だよ、とても。柔らかそうな肌も胸も、すべて僕に触れさせて」

「……ダメって言っても、触るくせに」

「そう、正解。見ているだけなんて無理だ」

そう言って、久遠寺さんが優しく私の胸に触れた。

「あ……」

「かわいい声……もっと聞かせて」

「や、ぁあ……ッ」

大きくも小さくもない、平均的な胸に、誰もが認める美形が触れている。しかもこの人は御曹司で、一般人である私の手が届く人ではない。

そんな人に官能を高める行為をされていると認識して、くらくらと頭が痺れた。

自分で触れてもなにも感じないのに、好きな人に触れられると、こんなにも感じるものなのか。口から甘ったるい声が漏れる。

下腹がずくんと疼いた。まるで子宮が収縮しているみたいだ。

久遠寺さんの指が、胸の頂に触れた。その瞬間、ピリリとした痺れを感じる。

「ぷっくりして、おいしそうだ」

「ひゃあ……アアッ……ン」

指に挟まれてゆっくりこすられた直後、存在を主張する胸の中心部が温かい粘膜に包まれた。

くちゅり、と淫靡な水音がする。

彼に吸いつかれ、舌先で転がされた。反対の胸は、彼の指に弄られている。こちらもぷっくり赤く熟れていることだろう。

強弱をつけてキュッとつままれ、ビクンと腰が跳ねた。

「アアン……ッ」

「ああ、とてもいやらしくてたまらない……」

顔を上げた久遠寺さんの口もとが、唾液で濡れている。その表情こそいやらしすぎて、直視するのが憚られた。

身体が熱い。内側でくすぶる熱がどんどん高まっていく。

下着が秘所にぴったり貼りついていることに気づいて、さらに羞恥心がわいた。恋愛初心者には、ここら辺で休憩がほしい。それにそろそろ夕飯だと言っていなかったっけ？

「あの、時間……」

「ん？　ああ、まだ夕方の六時を過ぎた頃だから大丈夫」

毎日の夕食は、七時を予定している。

彼の言葉を信じるならまだ少し余裕はあるが、火照った身体を鎮めるための休息時間も必要なのだ。

「でも、そろそろ部屋を出ないと不審がられ……って、待って。持ち上げないでっ！　きゃあ」

膝小僧を甘噛みされた。

予想外の襲撃に、意識が完全に現実に引き戻される。

「華奢な膝がかわいくてつい……。ああ、薄い下着だから感じてくれているのがよくわかるね」

「〜〜ッ!!」

彼の視線の先は、色が濃く変わっているであろう私の下着の中心部。

自分でも濡れている自覚があるだけに、そこを凝視されるのはいたたまれないし恥ずかしいし、もう勘弁してください。

「脚、下ろして……っ」

「いいよ、下ろしてあげる」

そう言われても安心できないというのを、もうすっかり学んでしまった。

下ろした瞬間に膝を割られる。彼はあろうことか、私が最も触れてほしくないところを、指ですっと撫でた。

「ン……っ」

「とろとろだね。濡れて気持ち悪いでしょう。脱がしてあげよう」

「それは結構ですっ」

無駄な抵抗だとわかっていても、抵抗せずにはいられない。

けれど、やはりそれは無駄すぎる抵抗で——

蜜を零して濡れている箇所にひやりとした空気を感じ、泣きそうになった。

涙で潤んだ目で睨むと、相手は何故かうっとりと笑みを深める。久遠寺さんの性癖がわからなくて怖い。

「君はどこまで僕を煽るんだろうね……悪い子だ」

「そんなことしてな……ひゃああ⁉」

不浄なところに顔を埋められ、舐められた。

とろりとした分泌液が彼の麗しい顔を汚しているのだと思うと、気絶しそうになる。

「ダメ、そこは汚な……」

抵抗したいのに、がっちり太ももを固定されて成すすべがない。

恥ずかしいのに、敏感なところを舐められ続けて次第に気持ちよくなり、くすぶっていた官能がふたたびわき上がった。

「あ、ああっ、ヤァア……っ」

「たくさん零して……。舐めるだけじゃ追いつかないな」

じゅる、と吸われる音がする。その音だけで、もう意識が飛びそうだ。

せめてシャワーを浴びた後ならと思っても、もう遅い。この御曹司は、女性に奉仕することに一切の躊躇いがないらしい。

花芽にきつく吸いつかれ、舌先で転がすように刺激された。さらに蜜が溢れる。

泉からこんこんとわく愛液を啜る美形。その姿が倒錯的に思えて、そろそろ心臓が限界だ。

「ダメ、もう……」

もうこの辺で終わりにしよう。

けれどその訴えは届かず、柔らかく熟(う)れた蜜口に異物が挿入された。

「あっ……！」

「狭いね……でもきゅうきゅうと吸いついてくる」

指が一本入れられたのだと気づく。痛みはないけど、そういえば大事なことを言い忘れていた。

私処女なんですが……

でも一体、どのタイミングで言えばいいの。

「待って、あの……」

「十分濡れているけど、三本も入らなそうだね……」

二本目の指が宛(あ)てがわれたとき、私は久遠寺さんに再度待ったをかけた。

「あの、私、は……はじめてなんです……っ！」

手加減してください！

その想いでカミングアウトした私に、久遠寺さんはそれはそれはいい笑顔を見せた。

思わず声なき悲鳴をあげそうなほど、破壊力のある笑みを。

「この狭さからもしかしてとは思ったけど……。そう、はじめてだったんだね」

「そう、そうなんです……この歳でって思われるかもしれないけど、まったくご縁がなくて！」

なに悲しい話を自信満々で言ってるんだ。

だがしかし、ここでしっかりわかってもらうことは大事だと自分に言い聞かせる。

経験豊富な方についていくには限度があるので、お手柔らかにお願いしますと伝えなくては。

口もとについた液体を指で拭う姿までセクシーで、その光景だけで妊娠できそうだ。

妖しく細められた目で見つめられると、もう金縛り状態になる。

「うれしいよ、君のはじめての男になれるなんて」

額に、触れるだけの口づけをされた。

上体を屈めてキスされるのは構わないが、大事なところにまだ指が一本入ったままである。

抜いてくれるのかどうするのか、もはや自分ではもう流されるしか選択肢が残っていない気分に浸りながら、麗しいご尊顔を見つめ返す。

「それならもっと、頑張らないといけないね」

スパルタ発言に、思わず頬が引きつる。

頑張るのは私なのか、彼なのか。

いや、「僕を受け入れられるようになるまで頑張らないといけないね」という意味なら、双方がと解釈もできる。いずれにせよ、怖すぎてツッコめない。

「アッ、ンン……っ!」

意識が彼に向いている隙に、二本目の指が挿入された。

内壁を二本の指がこすりあげていく。奇妙な感覚が次第に不思議なものへと変わり、それはやがて気持ちよさへ変化していった。

「あ、やぁ、そこ……ッ」

「ここかな」

一際(ひときわ)感じる場所を重点的に攻められて、断続的な嬌声(きょうせい)が漏れる。頭の中が白く染まっていく。同時に花芽をギュッと刺激されて、くすぶっていた熱がパンッと弾けた。

「あああ……っ」

崖(がけ)から落とされたかのような浮遊感。

身体がくたりとベッドに沈む。どっとした疲労に包まれて、指一本動かせない。

「軽く達したかな」

頬を撫(な)でながら、久遠寺さんが口づけた。柔らかい舌が口内に侵入し、優しく舌を包み込む。

今のが絶頂というものなんだろうか。話だけは聞いたことがあるものの、自分が実際体験できる日がくるなんて思わなかった。

優しいキスをされながら目を瞑(つむ)っていると、私の中に埋まっていた指が抜けたことに気づく。

寂しい——と一瞬でも思ってしまうなんて、この短時間で私は確実に調教されている。

「君の大事なはじめては今は奪わないから、安心して。時間をかけて慣れていこう」

決して自分本位の欲望をぶつけてこない久遠寺さんに、愛しさが募(つの)った。

こくんと頷く。

自分自身に精一杯で熱に翻弄(ほんろう)されていた私は、久遠寺さんの出で立ちが、上半身のボタンが数個外れているだけなのに気づいた。

つまり、乱されていたのは私だけ——。そう思うと、さらに羞恥心(しゅうちしん)がわく。

「濡れタオルを持ってこよう」

「あ、じゃあシャワーを……」

「もうそろそろ夕食の準備ができる時間だから、シャワーは後でね。いや、今夜は一緒にお風呂に入ろうか」

「謹(つつし)んで遠慮します」

「残念。今日は我慢してあげる」

「っ!」

油断すると、本気でぺろりと食べられそうだ。

濡れタオルで全身を清めるのも、新しい下着をつけるのも、すべて久遠寺さんにされた。もちろん、全力でお断りしたのに、全く聞く耳を持たず……。彼は意外と頑固だ。

でもそのおかげで夕食の時間に間に合ったので、使用人の方々に妙な憶測をされることはなかったけれど……どことなく生暖かい眼差しを竜胆さんから向けられていたのは、気のせいだと思いたい。

結局その日は、七々扇さんへの対策会議が行われることはなかった。

椿と桜の兄妹仲は悪くない。年齢は離れているが、お互い近況だって報告するし、頻繁ではなくても連絡は取り合っている。

とはいえ、ここ数週間は忙しくてそれどころではなかった。

最後に連絡したのは、更紗を久遠寺邸に迎え入れた直後か。

タブレットを使い、椿は桜へ通話を試みた。インターネット回線を通じて話す、webカメラの通話である。

何度目かのコール音の後、相手から応答が届いた。タイミングが合ってよかった。

カメラに映る妹は、幼少期からは考えられないほど溌剌としている。元気のいい妊婦だ。

『ハローお兄様、元気？　どうかしたのー？』

いつも通りの陽気な声が、静かな室内に響く。独特なイントネーションのあるしゃべり方が特徴的だ。

外国暮らしが長ければ、日本語を話す機会も減る。桜は少し日本語が不自由なハーフタレントのような話し方をするが、家族とは日本語で会話をしていた。

本物の桜を知っている人物が更紗に会えば、顔立ちだけではなく話し方で別人だとすぐに気づかれるだろう。しかし更紗にあえてその情報を告げなかったのは、その必要はないと椿自身が判断したからだった。

「僕は元気だよ。桜も体調はどう？　無理してない？」

『大丈夫よ、ご心配ありがとう～。のんびり妊婦生活エンジョイしてるわ』

彼女の表情から、体調に問題はないと判断しほっとする。

更紗へ向ける愛情とは違うが、実の妹を大事に想う気持ちは本物だ。独占欲はなくても、多少過保護という自覚はある。

一通りの挨拶を済ませ、椿は本題へ切り込んだ。

「桜の三番目の見合い相手が、ホテル王として有名な七々扇大雅だと以前話したよね。

彼に接触したら、お前と面識があると言われたよ。どうして黙っていたの？」

『ええ？　ウソー。だれ？』

「七々扇大雅。三ヶ月前に南米の船上パーティーで挨拶（あいさつ）をしたと言っていたそうだよ。証拠の写真もいくつかあるらしい。覚えていないのか？」

首を傾げていた彼女だったが、確かにそんなパーティーには参加したと言った。

『日本人も数名いたんだけど、私が挨拶（あいさつ）した人でそんな名前の人～……あ』

「なに？」

『そういえば、タイガーって呼ばれていた日本人がいたかもー。三十代後半で、ちょっとワイルドな見た目の、セクシーなハンサムガイ。あからさまに、何人かの美女からアプローチ受けてたっけ。写真も撮った気がするー』

「どうしてそう曖昧（あいまい）な覚え方しかしていないんだ」

『だってぇ、紹介されたとき、〝彼の名前はタイガーだよ〟としか言われなかったもの。ラストネームまで覚えてないわよ。それに写真だっていろんな人と撮ったし』

無駄に社交的な妹の行動力と残念な記憶力に、疲労を感じる。

もっと入念にリサーチするべきだった。そう反省するが、後の祭りである。

『もしかしなくても、私のカゲムシャさんが、お困りだったり？』

「そのもしかしなくても、だよ。偽物（にせもの）だと知りつつも、七々扇大雅が接触を図り、気に入ってしまった」

『ひゃあ～！　ホテル王の奥様なんてすごいじゃなーい！　タマのコシ～』

無邪気にはしゃぐ妹に、微妙な苛立ちを感じる。

椿は大人げなくも「そんなことにはさせないよ」と反論した。

『まあそりゃあね。私の偽物(にせもの)だから無理だけど、なんでお兄ちゃんが不機嫌なの？　あ、もしかして惚(ほ)れちゃった？』

そんなわけないよね、と笑う桜に、椿はあっさり肯定した。

「近い未来、桜は彼女を義姉(あね)と呼ぶことになるから、そのつもりでね」

『え……、ええー⁉』

そんなに叫んだらお腹に障るのではないか。

そう思ってしまうほど、彼女の驚きっぷりと、はしゃぎっぷりがすさまじい。タブレットから若干身体を離した。

『ウソー！　お兄ちゃんに好きな人ができたなんて。ダディたち知ってるの？』

「まだ二人には話していないよ。国外にいるからね。帰国して落ち着いたら、彼女を紹介しようと思っている」

その前に更紗から、結婚を前提とした交際の承諾をきちんと得なければいけないが。

まあそれは問題ないだろう。言葉にはしなくても、彼女の態度から自分への気持ちはわかっている。けじめとして、今は言えないだけのはずだ。

先ほどは暴走してちょっと味見をしてしまったが、屋敷を去ったその日のうちにまた捕獲しようと画策している。

楽しげに微笑んでいる椿を見て、桜もとりあえず頷いているようだ。

『なんかよくわからないけど、お兄ちゃんが幸せそうでよかった。彼女のおかげね。それで、なんて名前なの？』

「まだ秘密。きちんと紹介できるときになったら、教えてあげる」

『ええー、気になるじゃない～』

内緒だと再度告げると、彼女は渋々引き下がった。

だが桜が急に後ろを振り返り、『そういうことだって』と誰かに告げているのを見て、椿の笑みがぴたりと止まる。

――……嫌な予感がする。

それはまさしく、正しい勘だった。

桜の背後に現れたのは、二人の両親である久遠寺家の当主夫妻。

『詳しいことは帰国してからじっくり聞こうか』

『ようやく椿も結婚する気になってくれてうれしいわ。私たちが帰国するまでに、きちんと交際を申し込んで捕まえておくのよ』

少し日焼けしている両親の姿に、桜は悪戯が成功した笑顔でウィンクしている。じろりと睨んでも、けらけら笑っているだけだ。

「父さん、母さん……何故そこに」

勘当を言い渡したはずの妹の嫁ぎ先へ、世界一周旅行中の二人が向かうとは思わなかった。

とんだ誤算に遭遇し、椿は新たな頭痛の種を抱えることになった。

第八章

懐かしい夢を見た。

撮影の機材、スタジオのセット。たくさんのスタッフに、出演者が忙しなく動いている収録スタジオ。

子供の頃の私にとって、見慣れた光景だ。カメラの前で演じることも、関係者の目に映っていることも、なにも気にせず私は、私以外の誰かになれることを楽しんでいた。

けれどそれは楽しいことばかりではなくて、知りたくもない大人の世界を早い段階で知ってしまうことでもあった。

人気のある役者と知名度の低い人とのわかりやすい扱いの差だったり、同じオーディションに落ちた子役からのわかりやすい嫉妬だったり。大人げないステージママから言われた厭味だって、数えあげたらきりがない。

私はただ与えられたチャンスを掴みたくてがんばっていただけ。将来どんな役を演じたいとか、人気女優になりたいとか、そんな先のことなど考えていなかった。

子役の寿命は短くて大変よね〜と、心配しているのかどうかわからない言葉を、共演者の大人から言われても、それは事実なので『そうですね』と返していた。自分でも可愛げのない子供だったと思う。

特別仲がいい人はいなかったけど、オーディションでよく顔を合わせていた女の子がいた。

パッチリした目に、長いまつ毛。お人形のようにかわいい、同年代の少女。

私が十歳のときに受けた映画のオーディションで、最終選考にまで残ったのが彼女と私だった。

その映画のスポンサーが彼女のおじい様が経営している大企業で、このオーディションがわかりやすい出来レースだと知ったのは、最終選考の直前だ。

それまでずっと張りつめていたなにかが、プツンと切れた音がした。

やる気を失った私は、落選した。

今思えば、疲れてしまったんだと思う。求められる演技だけをこなすことに、楽しさよりしんどさが上回って、私は華やかな世界で闘う気力を失っていたのだ。

そうして私は、芸能界を引退した。その道を今でも後悔していないし、普通の学生に戻れたことで得られた経験もたくさんある。

しかも今、数年のブランクを経て、また演じる楽しさを知ることができた。

カメラの前で大勢に見てもらうことがなくても、日常生活で必要とされる女優でいるほうが、私にとってよっぽど価値がある。

そんな、少しだけノスタルジックな気持ちのまま目覚めた朝――

私のスマホに、予想外の連絡が入った。

「――テレビ番組に出演依頼？」

『ああ、昔所属していた芸能事務所の社長から連絡が入った。他の人間には連絡先を教えていなかったんだろう？』

電話の相手は、義兄の若竹さん。

自分のスマホで仕事の報告メールを送った直後に、電話がかかってきたのだ。ちなみにクライアントである久遠寺さんとの仲は、当然知らせていない。仕事相手と恋仲になるなんて、ふざけるなとお叱りを受けてしまう。

かつて私が所属していた事務所の社長が義兄に伝えたのは、人気芸能人が会いたい人と再会をするというテレビ番組に、もしよければ出てくれないかというもの。

当然NOである。

かつて子役をしていた人たちが成長するにつれて残念な感じになるというステレオタイプの的になりたくないし、それになにより、私の顔が放送されてしまってはまずい人たちが大勢いる。

今まで受けてきた仕事のクライアントに迷惑をかけることなど、できるはずがない。

『わかってる。当然そう言うと思っていたから断っておいた』

「ありがとう、若竹さん。ところで、私に会いたがっている芸能人って誰？」

特別親しかった人なんて覚えてないな……。未だに交流のある人たちもいない。

『織原麻衣香（おりはらまいか）。現役モデルでもある、トップ女優だ』

今朝見ていた夢は、なにかの予知か前触れだったのか――

私が子役を辞めるきっかけとなったオーディションに残っていたのが、織原麻衣香、彼女だった。

まさか彼女が私を覚えていて、そして会いたいと願うとは。

電話を切ってから、嘆息（たんそく）する。

「うれしくないわけじゃないけど、今はこの仕事で精一杯だし。こっちはあなたの活躍を応援してますよ」

相手には届かない場所から、テレビの中で美しく笑う女性の今後の活躍を祈っておいた。

朝食の席で、久遠寺さんは七々扇さんと桜さんの件は裏が取れたと言った。

七々扇さんが私に見せてきた写真は本物だった。桜さんは彼のフルネームを覚えておらず、かつ、本名をもじったニックネームで呼ばれていたため一致しなかったというわけだ。

そういうことってあるよね……と納得するしかないが、さてこれからどうしよう。

朝の紅茶を飲みながら平常心を装うが、ふとした瞬間に意識が昨晩に引っ張られそうになる。

涼しい顔をしてブラックコーヒーを飲んでいる目の前の美形が、私にあんなことやこんなエロいことを……と思うと、顔の熱が上がる。

朝から不健全なことを考えるべきじゃない。

「七々扇大雅についてはこっちで対策を練るから、君はもうひとりきりで出歩くの禁止ね」

「え？」

思わずぽかんと口を半開きにして聞き返す。

ひとりで出歩くのが禁止なのは、別に困らない。ただ、こちらで対策を練ると言われても、それってつまり私クビってことでは？

「最後のひとりから手を引いて、仕事を途中で投げ出せと？」

「イレギュラーな事態が発生したのだから、仕方ないでしょう」

特別な甘さを感じさせない、いつも通りの口調と会話。仰ることもよくわかるが、途中棄権しろと言われるのは不本意だ。

相手は私が偽物だと気づいている。久遠寺家の言い分もわかる。けれど、私は決着は自分の手でつけたい。

しかしクライアントの意向に反論するわけにもいかない。本音をぐっと押し殺し、白磁のソーサーにカップを置いた。

「わかりました。それでは私は荷物をまとめてまいります」

ダイニングテーブルから立ち上がる私に、久遠寺さんが声をかけた。

「まだ契約期間は残っているよ」

「もう私の役目は終わったのでは？」

「君にはまだいてもらわなければ困る。七々扇大雅が納得するまではね」

それっていつまでだ。

内心は、ここを去るのが寂しいと感じていたので、もう少しいられるのはうれしい。でも中途半端な立ち位置で滞在するのは居心地が悪い。

そんな私の心情をよそに、久遠寺さんはのんびり屋敷で過ごしてて、と言い残し去っていった。今日は朝から仕事に出かけるようだ。扉が閉じて、そっと息をつく。

「……消化不良のまま契約期間が終わるのを待つのか」

中途半端な仕事になってしまった。クライアントが望んでいるんだからそれでいいと割り切れるものではないが、しかし私がこれ以上介入できることでもない。ならば、黙るしかないだろう。

やることないし、お屋敷で働かせてもらおうかな。

久世さんにお屋敷に手が足りないところはないかと尋ねると、紳士スマイルを向けられた。

「人手は足りておりますので、どうぞお気遣いなく。お時間があるのでしたら紅茶のおいしい淹れ方を教えましょう」

どうやらこの屋敷にいる間は、桜のままでいいらしい。ならばと、口調を今まで通り桜に戻す。

「椿様は朝が弱いので、目覚めの一杯にはコーヒーを好まれます。けれど紅茶もお召し上がりになりますし、紅茶のほうがお好きなんですよ」

「毎朝コーヒーだったのは眠気覚ましなのね」

久世さんのレクチャーをありがたく受ける。いささか、久遠寺さんの好みを中心に聞かされている気もするけど。もしかしたら、いずれ役立つかもしれない。

「紅茶ですと、椿様はダージリンのセカンドフラッシュがお好きですね。セカンドフラッシュとは夏摘みの茶葉のことです。春の時期に摘まれるファーストフラッシュと、秋摘みの三回旬があります」

ずらりと並べられた瓶から、去年の茶葉を選んで見せてくれる。久遠寺さんは、爽やかな色合いのファーストフラッシュをアイスティーにして飲むのも好きらしい。こだわりがすごいな。

忙しい久世さんの時間をもらって紅茶やコーヒーの講義を受けたり、その流れで別の使用人から茶道を学んだりと、私はなかなか充実した時間を過ごしたのだった。

ひとりで外出禁止を命じられてから二日。久遠寺家からお借りしているスマホが震

えた。

知らない番号だったが、もしかして出先で久遠寺さんがかけているのかもと思い、桜の声を意識して電話に出る。

「もしもし？」

『久しぶりだな、サラ』

「……この電話は現在使われておりません」

『わかりやすい居留守使うなよ。おもしろいな、君は』

電話の相手は、七々扇大雅だった。

この番号は久遠寺家の人にしか知られていないはず。しかも万全のセキュリティだって施されている。なのに何故、その番号を彼が知っているのか。

「なにかご用ですか？」

『ああ、君に会いたい。今すぐに』

「……」

モテる男って、こういう風に直球に、女性が求める台詞を言うんだろうな……

私の気持ちが久遠寺さんに向いていなければ、もしかしたら少しくらいはときめいたかもしれない。が、私は彼に、警戒以上の特別な感情は抱いていない。今は裏になにがあるのか確認しなければ。

「その心は」

『裏があるような言いようだな。まあいい。今から出てこられるか？』

「あいにくお兄様にひとりでの外出を禁じられていますので」

『君、いまだに兄妹プレイを強いられているのか？　マニアックだな……』

何故そうなる。

訝しむ声を隠そうともしない七々扇さんだったが、そのまま話を続けた。

『ならば取引をしよう。君が俺の言うとおり今から会いにくれば、俺は久遠寺椿の要求になんでもひとつ応えよう。電話にだって出てやるし、仕事の無茶でもある程度は融通を利かせてやる』

もちろん、君とのことでもいい――。そう続けられた台詞に、息を呑んだ。

どうやら久遠寺さんは、七々扇大雅との接触がうまくいっていないらしい。この男がことごとくはねつけているようだ。

明日の午後には日本を発つと言われ、時計を確認する。

今、時刻は午後二時。久遠寺さんは今夜は夕食までに帰れないと言っていた。

このチャンスを逃せば、契約期間中に仕事の決着がつかなくなる。久遠寺さんの命令に背いてしまうが、仕方ないだろう。

「ひとりで向かいますけど、私には盗聴器とＧＰＳとボディーガードがついていますよ。

それでもよろしくて？」

ウソだけど。

『もちろんだ。君に危害を加えることはない』

指定されたのは、一時間後。久遠寺家の最寄り駅からそう遠くない場所にある喫茶店だった。

人通りが多い時間帯なので、大丈夫だろう。電話を切り、ICレコーダーをハンドバッグに入れる。

「さて、久世さんに伝えてから行くか」

気分は決戦に赴く武士だ。勝負服をなににするか悩み、結局私物の黒いAラインのワンピースにカーディガン、そして走りやすいストラップつきのパンプスにした。髪はアップにまとめ、唇はあえてヌーディー色。桜メイクではなく更紗寄りの、普段の私が気合を入れた恰好だ。

私が出かけることに、久世さんは難色を示した。しかし今を逃すと今度はいつ七々扇大雅と話し合いができるわからないと告げ説得すると、渋々許可してくれた。

ただし、夕食の時間までに帰ってなかったら、久遠寺さんに伝えるということ、護身用グッズをたくさん持って行くことを条件に出され、駅まで見送られることになる。

社会的な地位もある人が、同じく地位も家柄もある久遠寺家を敵に回してまで、無謀なことはしないはず。

到着した喫茶店は、大通りから一本小路に入ったところにあった。路地裏の隠れた名喫茶、という雰囲気がある。扉を開け恐る恐る中を覗いてみれば、純喫茶の一角にスリーピース姿のデカい男が陣取り、異彩を放っていた。

「サラ」

低く、よく通る美声。大きな声を出したわけでもないのに周囲の人間の気を引けるというのは、ある種の才能だ。これがカリスマ性だろうか。

「……こんにちは」

外観に反して、店内はそこそこ奥行きがある。ほどよく衝立もあり、人の目も気にならなかった。それにたまたまか、客も七々扇さんひとりだ。

「昼は食べたか？」

「ええ、食べましたけど」

「そうか、でも君ならケーキ以外も別腹で入るだろう。ここのナポリタンが食べたかったんだ。少し分けてやる」

「……まさかそれを食べるためだけにここに呼び出したんですか？」

「半分そうだが、一番はサラに会うためだ。会わなければ口説くこともできん」

「っ！」

絶句する私をよそに、初老のマスターに七々扇さんがオーダーする。私も飲み物を聞かれたので、咄嗟にコーヒーを注文していた。

「ここのベイクドチーズケーキも絶品だぞ」

「……ではチーズケーキのケーキセットで」

この一ヶ月、確実に体重が増えている。体重計に乗るのが怖い。

先に、大盛りのナポリタンが届いた。昔ながらのスパゲッティは食欲をそそる匂いで、定期的に食べに来たくなる常連客の気持ちもよくわかる。

七々扇さんが「味見するだろ」と言い、別にもらった取り皿に結構な量をわけてくれた。こんなに食べられない、と思いつつも、結局私は食べてしまうのだろう。

「おいしいです。すごく懐かしい感じ。お腹減ってなかったのに、食べられちゃう」

「だろ？　学生のときよくここに通ったんだ」

ホテル王として知られている男が、学生時代この目立たない喫茶店に通っていたということに、違和感がある。が、よく考えれば私はこの人の過去なんて大して知らない。

彼の昔話に付き合いながら、ナポリタンと、続いて運ばれてきたチーズケーキを食べる。もしかして、このままさようならだろうか？

「七々扇さん、今日あなたの呼び出しに付き合えばなんでも言うことを聞いてくれると言いましたよね」

「ああ、言ったな。なにがいい？　ほしいものはなんでもやろう」

「ものはいりません。今この場で私を振ってください」

コトン、とICレコーダーをテーブルに置いた。電源をこれから入れると彼に伝える。

「君が俺を振るのではなく、振られたい？」

「はい。思っていたとの違った、価値観が合わない、もっと美人でスタイルのいい女がいい、などなんでも結構です。私……というか、桜お嬢様との縁談はなかったことに」

「なかったことにもなにも、もう本人は結婚しているだろう。はじめから狙っちゃいないぞ」

「それでしたら好都合です。その旨と、ついでに私にも興味を失ったと宣言してください」

「いや、君には多大に興味がある」

「いやいや、それは困ります。さっさとその興味、捨ててください」

ずいっと身を乗り出すなっ。手を伸ばしたら届く距離に詰め寄られ、不覚にもドキッとする。

視線を逸らさず、「男に二言はありませんよね」と軽く睨みつければ、彼は上体を椅子の背もたれに預けた。

「わかっている。だがこのまま君に言われる通りには言いたくない」

「は？　何故……」

ちりんちりん、とドアベルが鳴った。客が来たんだろうと、そちらを見ることはなかったのだが、足音がこちらに向かってきたため、意識が逸らされる。

そして私の背後から、二種類の声がかけられた。

「どういうこと、大雅？　私を振った原因はまさかこの女なの？」

「そうだね、これはどういうことか僕にも説明してもらおうか、桜」

……え？

振り返った先には、眉を顰める美しい女性と、今朝別れたばかりの久遠寺さん。

二人が同じタイミングで入店し、目的も同じテーブルとはどんな偶然だ。

「眉間に皺がつくぞ、麻衣香」

――麻衣香。その名前を聞いた瞬間、過去の記憶が蘇った。

織原麻衣香。私のひとつ上の元子役仲間で、現在も人気女優。

画面越しではない彼女の美貌は、隠していても芸能人というオーラをまとっていた。

そして私に説明を求めてくる久遠寺さんも、トップ女優の隣に立っても霞まない存在感と美貌を持っている。その目が約束を破ったことを咎めていて、ヒヤリとした汗が背筋に流れた。

「どうしてお兄様がここに……」

「用事があって久世に電話して君の様子をきいたら、いないと言われてね。僕に黙って七々扇さんに会いに行くなんて、いい度胸しているじゃないか」

「でも仕事は……」

「仕事は調整がきくけど、こっちはきかないからね」

つまり、仕事を抜けてきたのか。

にっこり微笑んでくるのがとても怖い。しかもサッサと私の隣の席に座り、マイペースにコーヒーを頼んでいる。

そんな久遠寺さんに触発されたのか、麻衣香まで同じくコーヒーを頼んでいた。しかも久遠寺さんの前の席……七々扇さんの隣に座って。

「で、誰なのよ、この女？」

「名前はサラだ。それ以外は知らん」

「サラダ？　ふざけてんの？」

「いえ、違います、サラです」

麻衣香の視線がこっちに向いた。その眼差しの強さにドキッとする。

もしかしてこの男、麻衣香と付き合ってたの？　それもつい最近まで。

人気女優と付き合えるだけですごい。まあ、相手もホテル王だが。

「……サラ？　まさか、小戸森サラ？」

「……っ」

僅かに目を瞠った彼女は、私の目を通してなにかを感じ取ったらしい。彼女の中で結びつくものがあったのは、表情から伺えた。

今朝の夢を思い出す。まさか本人とこんな風に再会するなんて、予想だにしていなかった。

「こんなところで再会するなんて……。化粧をしていても誤魔化せないわ。その眼差し、昔のままだもの。役に入った瞬間目つきが変わるの。私は、そんなあなたが眩しくて羨ましくて、妬ましかった」

すっと目を眇めて私を見下ろすその眼力こそ、私には眩しすぎて羨ましい。いや、ちょっと怖い。

ここカメラ回っていないんだから、全力で挑まなくてもいいのでは……

届いたコーヒーに口をつける二人の姿は実に優雅なのに、空気が辛い。

思わず七々扇さんに視線で訴える。一体どういうことか説明しろ、と。

「ほう、君の本名は小戸森サラと言うのか？」

「確か芸名のはずよ、それ」

私に聞かれた質問に、麻衣香が答えた。

巻き込まれた被害者である私になんの説明もせず、質問だけするって一体どういうことなの。

「ならば本名はなんだ」

もう麻衣香は私が小戸森サラ本人だと確信しているし、今さら否定などできそうにない。私は小さく溜息をついた。

「黙秘します。答える義務がありません」

「大雅と結婚する可能性は？」

「それは許さないよ。彼女は僕の婚約者だから」

麻衣香の質問に、答えたのは久遠寺さんだ。

「え……っ」

黙っていたと思ったら突然の婚約者宣言。一体なにを言い出すの、お兄様。

「誰？」と怪訝な顔をしている麻衣香をよそに、七々扇さんがすっと目を細めて久遠寺さんを見た。

「兄妹では結婚できないぞ、久遠寺さん」

「あなたも意地が悪い。彼女が桜ではないとわかっているのに」

「意中の女性を妹の影武者として見合いをさせるほうが理解できん。そんな酔狂な戯れ（たわむれ）をする男なんてやめておいたほうがいいんじゃないか？　サラ」

「え……っと」

ここで私を巻き込むのか。思わず視線が泳いでしまう。

「僕が彼女に惹かれたのは、桜として一緒に住み始めてからだよ。恋人に妹のふりをお願いなんてしない」

グイッと肩をひかれ、久遠寺さんに密着する。微妙な空気が漂う中、ペースを崩さずに私を特別扱いするなんて、さすがというかなんというか……大物すぎる。

「つまり、サラはこちらの男性と婚約中で、大雅が横恋慕しているってこと？　気になる女ができたからって私を振っておいてこの様(ざま)って、ふふ……いい気味」

麻衣香は、自分を振った相手が別の女性に振られて、胸がすっとしているようだ。複雑な気持ちは残るだろうけど。

「七々扇さんは麻衣香と交際していたのに、桜さんとの見合いを受けたんですか」

「好奇心が勝ったからな。まさか偽物(にせもの)の桜を気に入るとは自分でも思わなかったが。まあ、口説(くど)き落とす前に、脈がないと思い知らされたわけだが」

「恋人がいたまま見合いして振ったって……彼女に失礼すぎですよ」

しかもよりによって麻衣香を……

七々扇さんは「すまない」と麻衣香に謝罪した。

「もういいわ。私は私に興味がない男と無駄な時間は過ごさないの。ぞんざいに扱われたから腹が立っただけ。これ以上、話すこともないわ」

ただ、と麻衣香が続ける。そしてその強い視線をまっすぐ私にぶつけてきた。

「サラ、あんたには言いたいことが山ほどあるのよ。なんで突然辞めたの」

「辞めたって、子役を？」

「そうよ。あの最後のオーディションで優勢だったのはあんただったじゃない。それを実力出しきらずに、譲られる形で受かった屈辱（くつじょく）、いまだに忘れられないわ。そしてなにも言わずに芸能界を去って。今、どこでなにしているのよ」

あのオーディションのとき、私が十歳だったから、麻衣香は十一歳だったはず。そのときからずっと、彼女はモヤモヤした気持ちを抱えていたのか。

背筋を伸ばして座りなおすと、隣にいる久遠寺さんが私の手をギュッと握ってくれた。言いたいことは言えばいいと、後押しをするように。

私は正面から、麻衣香の目を見つめた。そして、正直にあのころ感じていたことを告げた。

「……麻衣香が番組の企画で私に会いたいと言ってくれたこと、うれしかったよ。でも私はもうカメラの前には立たない。私が演じるのは現実世界。観客はテレビの前の視聴者じゃない、私の視界に映る全員。そして共演者は、ここにいるあなたたち」

七々扇さんと麻衣香に指を差す。

虚を突かれたような顔で黙り込んだ二人に、にっこり微笑む。

「たくさんの人が見るんじゃなくていいの。私は演技の世界が嫌いになったわけではない。私も私なりに楽しく生きていくから、麻衣香も麻衣香の道を突き進んで頑張って」

完全に毒気を抜かれたような顔で、麻衣香が深々と息を吐いた。

「なんかお酒飲みたい……今夜は予定ないし」

そう呟く麻衣香と、乾いた声で笑う七々扇さん。

「つまり君は誰なんだ？」

七々扇さんの問いに、私はお財布に一枚だけ入っている名刺を渡す。名刺入れは身バレするので、持ち歩いていなかった。

「花染更紗と申します。このたびクライアントである久遠寺椿様に依頼され、桜お嬢様を演じさせていただきました。依頼内容は、ご想像の通りです」

「人材派遣会社所属の女優……。これはまた、おもしろい」

二人して名刺を覗き込む。七々扇さんが喉の奥で笑った。

「なるほど、君は俺たち三人との縁談を円満に破談させるのが目的だったんだな。道理で俺の前に見合いした二人から聞く印象が違ったわけだ。本物のお嬢様を見合いさせるのは無理だから、苦肉の策でプロに依頼した、というわけか」

「ええ、あなたもご存知の通り、妹が突然国際結婚してしまったので。独身だとしても、あの二人と相性が合うとも思えないけど」

久遠寺さんの説明に、七々扇さんは「ああ～」と言った。記憶の中の桜さんを思い出しているようだ。苦笑いしているので、こちら側の意見も理解できたらしい。

「規格外のお嬢様なら仕方ない」

「あのお二人はなにも知らないので、どうぞ内密に」

「久遠寺家を敵に回すのは厄介（やっかい）だから言わねえよ」

一時はどうなるかと思ったけれど、無事に話し合いができてよかった。

麻衣香が、レシートの裏に書いたプライベートの携帯番号を私に押し付ける。

「連絡しなさいよ！」

そう言った彼女もどこかすっきりしていて、再会直後の剣幕が嘘みたいだった。

「それでは、七々扇さんもお元気で。もう二度とお会いすることはないと思いますが」

「随分（ずいぶん）つれないことを言うな。久遠寺椿といるなら、俺と会う機会だってあるだろうよ。そのときは別人になっているのかもしれないが、それならはじめから挨拶（あいさつ）させてくれ」

からかうように笑う彼の笑顔につられて、私も自然な笑みを零（こぼ）す。

お店の前で円満に別れ、私は久遠寺さんと二人きりになった。

彼に向き合い、頭を下げる。

「ご命令に背（そむ）いてしまい申し訳ありません。急な連絡を受けたため、独断で行動しました」

「うん、お疲れ様。わかってるから、顔をあげて」

「……それでは、依頼を受けました仕事はすべて完了しましたので、本日で契約期間を終了とさせていただきます」

あと数日残っているが、もういいだろう。これ以上、妹役を続けるのは無理だ。

「わかった。君が望むなら今日で終わりにしよう」

「ありがとうございます。それではお借りしているスマホを返却いたします。また、本日は自宅に帰らせていただきますが、後日私物を取りに伺(うかが)いま……」

「その必要はないよ」

……ん？

「君が自宅に帰りたいなら送っていこう。だけど君の荷物はあのまま屋敷(うち)に置いてて構わない。そしたらすぐに戻ってこられるだろう？　今度は更紗として」

「それって……」

顔の熱が徐々に上がってくる。自分でもわかる。今絶対、耳まで真っ赤だ。

「ねえ、更紗」

久遠寺さんが私の名前をもう一度呼んだ。赤くなった顔を見られたくなくて、視線が泳ぐ。心臓が跳ねて鼓動が速い。

「妹の次は僕の――」

……来た！

「お嫁さんになってくれるよね」

「はい……、ん、え？」

恋人に、と言われるものだとばかり思っていたので、一瞬なにを言われたのか理解できなかった。さっき七々扇さんに婚約者と言ったのは、相手を諦めさせるためだと思っていたけれど、まさか本気で？

それに今のって、私に拒否権与えない言い方だったよね？

「即答してくれてうれしいよ。待ってくださいと言われても待てないけど」

「いや、えっと」

「婚約指輪はもう準備できているんだ。きっと君も気に入ると思う。カジュアルにつけたい指輪もあると思うから、それは更紗が気に入るものを選びに行こうか」

手を絡めとられ、左手の薬指にキスされる。チュッと響いたリップ音が生々しい。

至近距離で見つめてくる眼差しに冗談やからかいなどはなく――私は急展開すぎるこの状況に、小さく「……マジで？」と呟いた。

「うん、マジだよ」

「久遠寺さんからそんな言葉を聞く日が来るとは……」

「更紗、呼び方」

あ、と思った直後。遠慮も躊躇いもなく、私の唇はがっつり食べられていた。

「ん、んーっ！」

「本当、戸惑う君もかわいいね」

「はぁ……ッ、もう、ここ路地……！　誰かに見られたら」

「近くに人はいないよ。そうだ、君のお義兄さんに結婚の挨拶をしないといけないし、今から行こうか」

ええー!?

そして私は、近くの駐車場に停まっていた久遠寺家の車に乗せられた。竜胆さんと視線が合った瞬間、「おめでとうございます」と言われたんだけど、どうして知ってるの……。有能すぎて怖い。

約一ヶ月ぶりに会った若竹さんと千歳さん、そして他の事務所のメンバー。その前に雅やかな美形が現れて、事務所内は騒然としている。

義兄に結婚の報告をし、詳細や両親への報告はまた後日ということで久遠寺さんが話をつける。私はほとんど言葉を発することなく、そのまま事務所から連れ出された。

「報告書などの作成が……」

「後で僕も手伝おう」

それは結構です。再び乗せられた車の中で、お断りを入れる。

このまま私のマンションへ送り届けてくれるのかと思いきや……到着したのは私の家でも久遠寺邸でもなく、いつも予約が埋まっていることで有名な、ラグジュアリーホテルだった。

「え、え？」

竜胆さんが実にいい笑顔で見送ってくれたのだが、腰を抱かれている私は久遠寺さんのエスコートについて行くしかない。

ＶＩＰ専用の最上階にあるフロントデスクで名前を告げただけでチェックインが完了し、案内された部屋は私の想像を上回っていた。

「……グランドピアノがあるお部屋、はじめて見ました」

「それはよかった。先ほど七々扇さんが連絡をくれてね、僕たち二人にこの部屋をとってくださったんだ。気前がいいよね」

スイートルームより上のランクだということはわかる。そして、できる男は仕事が早いというのも、この急展開の中で学んでいた。

「すごい……夜景が綺麗……。パノラマ写真を見ているみたい」

外の景色を見て落ち着こうと思ったけれど、落ち着けないっ。これは紛れもなく、今夜おいしくいただかれてしまう展開だ。

どうしよう、心臓がヤバイ。今にも口から飛び出そう。

「ルームサービスを頼んで、晩御飯は部屋でゆっくり食べようか」

メニューを広げて、私を手招いた久遠寺さんに、胸の鼓動が気づかれませんようにと祈りながら近づいた。

食事とワインを堪能し、満腹になったので眠気に襲われる。

まだ寝るのには早いけど、このまま心地いい睡魔に流されてしまいたい――なんて考えは、甘かった。

「更紗、眠そうだけどお風呂入らないの？　バスルームからも夜景が綺麗だよ」

「お風呂……」

ああ、メイク落とさないと。肌のケアは怠ってはいけない。

「今お湯溜まったから、すぐに入れるよ」

「ありがとうございます」

手を引かれてバスルームに入る。ここだけで私のマンションの寝室より広い。

夜景を眺めながらお湯に浸かれる、広いバスタブ。数歩先には鏡張りのシャワーブースもある。

海外のホテルって感じだな……と思っていると、久遠寺さんがアメニティとして置かれていたキャンドルに火をつけていた。

「オシャレだよね、香りもいいし」

二個用意されているそれを、バスタブ近くの空いているスペースに置く。なんてムーディーな空間だろう……と感心している場合じゃなかった。

「え、椿さん？」

「更紗は眠そうだから、僕が手伝ってあげる」

一瞬で眠気がふっとぶ台詞(せりふ)を放ち、私の服を脱がしにかかる御曹司(おんぞうし)……って、待った！

「自分で！　自分で脱げますからっ」

「そう。じゃあ代わりに僕の服を脱がせてもらおうかな」

「……え？」

私に脱がせろと？　そもそもまさかと思うが……

「一緒に入るんですか？」

「もちろん」

「……っ！　……っっ‼」

それは、いくらなんでもハードル高くない？

こんな明るいところで……いや、キャンドルつけてるから電気は消すかもしれないけど、それでもいろいろ丸見えになってしまう。

私だって、ここ最近肥えてしまった身体を見せるのは！

私が思いっきり狼狽えているのを彼は楽しげに見下ろしていたが、「お湯が冷めちゃうね」と言い、私の服を剥き始めた。

「キャー！」

「あはは、いいリアクションだ」

ワンピースが足元に落ちる。キャミソールをさっと脱がされ、私はたちまち下着姿になった。

「今日は紺色の下着なんだね、かわいい」

「み、見ないでください……」

「どうして？　僕は更紗の全部が見たいし触れたい」

パチン、とブラの留め具が外された。胸の締め付けがなくなることでこれほど心許ない気持ちになるなんて。

顔が熱くて、これだけでのぼせそう。

「更紗、最後の一枚は自分で脱ぎたい？　脱がせてほしい？」

……いい笑顔でなんて質問をしてくるんだ。私のキャパを超えている。

「自分で、脱ぐので向こう向いててくださ……」

「却下。更紗が脱ぐところを眺めていたい」

「っ！」

異議あり。

パンツ脱ぐのを見ていたいって言う御曹司らしからぬ発言は、いかがなものかと！

じっと見られたまま脱ぐか、あえて相手に脱がされるか。

どちらにせよ羞恥プレイには変わりない。

恥ずかしさを押し殺し、脱がせてほしいと後者を選択した。じっと見つめられるよりはマシかと思ったのだが、久遠寺さんが触れてくる手の温度に身体がぴくんと反応する。触れてくる手つきもなんだか、官能的だ。

「ん……っ」

「太もも撫でられてくすぐったかった？」

時間をかけて脱がされ、もう息が上がっている。全身隠すものがなくて、早くお湯に浸かりたい。

「風邪ひいちゃうから、先に入ってて」

久遠寺さんが服を脱ぐ音を聞きながら、私はバスタブに飛び込みたい気持ちを抑え、さっとシャワーを浴びる。そして、ゆっくりとお湯に浸かった。温かなお湯とキャンドルのほのかに甘い香りが、緊張していた身体をほぐしてくれる。

背中を向けて夜景に集中するが、背後が気になって耳だけが敏感に些細な音を拾う。

「ライト、消したほうが綺麗かな」

パチン、と照明が落とされた。何故もっと早くそうしてくれなかったんだ……

暗がりの中、ざっとシャワーの音がして止まった。

そしてすぐに、ちゃぷんと水が跳ねて、一気に水かさが増した。久遠寺さんの気配と体温が近づいてくる。

腰に回った腕が逞しい。

この人は兄なんかではなく、れっきとした異性で私の特別な人なんだと、再認識した。そうでなければ、こんなにドキドキなんてしない。

「椿さん、心臓破裂しちゃいそう」

「それは困ったね。このくらいで音を上げられては。もっと僕に慣れてもらわないと」

口調はおっとりしているのに、告げる言葉は穏やかじゃない。

背後から抱きしめられたまま、久遠寺さんの手で左胸が覆われた。心音を確かめるように、彼の手が押し当てられる。

「ああ、本当だ。とても速い」

「んっ……」

から。

耳もとで囁かないで。そんな些細なことも、私の官能を高める要因になってしまう

身体が熱くて、胸が苦しい。

非現実的な一夜が、隠されていた私の劣情を煽る。

「椿さん……キス、して？」

この雰囲気に酔ってしまったようだ。気づけば自分からキスを強請っていた。

ふっと微笑み、彼は「いいよ」と返す。

互いの唇の感触を確かめて、触れ合う口づけが深まっていく。水音が一体どこからくるものなのかわからない。

貪るような性急さはなく、焦らされた私の息が上がっていく。気づけば身体は反転し、向かい合う体勢で唇を重ねていた。

「ン……はぁ……っ」

「とてもいやらしい顔をしている。更紗……」

愛情を確かめ合うキスが、情熱的なものに変わった。

吐息すら奪われてしまいそう。くらりと眩暈がする。

後頭部を支えている手が首筋を撫でて、もう片方の手が背骨をすっと撫でおろした。

ビクンッと腰が跳ねそうになり、咄嗟に彼の首に両腕を回す。

「あ……ッ、つばき、さ……」

バスタブの中で私を膝立ちにさせて、久遠寺さんが胸に吸いついた。

薄暗い灯りに照らされた彼の姿は、その美貌ゆえに浮世離れして見えた。幻想的で、そんな人が私の胸に顔を埋めているのが信じられない。

舌先で胸の頂が転がされる。硬く尖った先端を、カリッと甘噛みされた。

「ぁあ……っ、だめ……」

腰を支えられているけど不安定で、目の前の彼の頭を抱き込んでしまう。くすりと笑う振動すら、お腹の奥をキュンと疼かせた。

お尻の丸みを撫でられる。赤く色づいた胸に満足したのか、久遠寺さんは反対側の胸も同様に舌で弄り始めた。

「やぁ……胸ばっか、り……ンッ」

「更紗の胸がかわいいから……でも、胸だけじゃしんどいよね」

「アア……ッ」

先ほどから意図せぬ嬌声が口から零れている。声がバスルーム内に反響して、よけい羞恥心が募った。

お尻に触れていた手が私の割れ目に入り込み、彼以外誰にも触れさせたことがないそこをすっと撫でる。

お湯とは違う、ぬめりを帯びた分泌液が久遠寺さんの指を汚す。

「とろとろだ」

「やぁ……」

「このままだとのぼせちゃうね」

ふいに久遠寺さんは、私をバスタブの縁に座らせた。

「え？」

そのまま彼はお風呂を出た。バスローブを取りに行ったらしい。ひとつを手早く身につけ、もうひとつを私へ着せる。

彼は部屋のライトをつけてキャンドルを消し、そして身体に合っていない大き目のバスローブを身につけた私を抱き上げた。

「椿さん？」

「しっかり腕回して、捕まってて」

向かったのはベッドルーム。予想はしていたけど、ドキっと心臓が跳ねた。

中央にはキングサイズのベッドがひとつ。豪華なベッドの隣にあるライトがぽっと灯る。

仰向けに横たわらせた私を見つめる久遠寺さんの瞳は、まっすぐに私を映している。強く求められていることを実感した。

バスローブのあわせが解かれていく。

「とても綺麗だ……。更紗、このまま僕に更紗をちょうだい」

「椿さん……」

「君を愛しているんだ。この一ヶ月間、君が傍にいるのが当たり前になっていた。手放したくないし、たくさん可愛がりたい。僕ははじめから、君をひとりの女性として見ていたよ」

正直、久遠寺家の一員になることに躊躇いはある。だっておいそれと入れるようなお家じゃない。

でも、久遠寺さんの隣にいたいなら、私が頑張るしかないではないか。釣り合わないとか考えるよりも、努力をすることが先だろう。

「まだまだ学ぶことが多いし、全部完璧にできなくても――私を椿さんのお嫁さんにしてくれますか？」

「更紗以外はいらないよ。わからないことはこれから知っていけばいい。僕だって屋敷のみんなだって、更紗をサポートする。君が輝いて生きていけるよう、僕も最大限支えていこう」

こんなことを言われて、惚れないほうがどうかしている。

これまで、自分の人生について漠然としたことしか考えていなかったが、これからはこの人と歩いていきたいと、はっきり思った。

自然と重なり合う唇が、ひとつに融合しようとしている。粘膜接触がどうしてこんなに気持ちいいのかわからない。けれど、この人と深くつながりたい気持ちが、もっとと求めるんだろう。

「ン……ッ」

「もうマーキングしても大丈夫だよね」

僕の証。

そう囁くと、私のデコルテや胸元に赤い花が咲いていく。

デコルテにつけられたから隠せる服を選ばなくては、と冷静に思う反面、圧倒的なうれしさを感じる。身体に刻まれた痕が、彼の執着と独占欲の証に思えた。それは決して不快なものではなく、むしろ充足感をもたらす。

久遠寺さんがウエストラインをゆっくりとなぞった。

おへその周辺をくるりと指でなぞられるだけで、奇妙なムズムズがわきあがる。そしてその手はそっと私の下腹へ置かれた。

子宮が疼く。

キュウッと収縮している気がするのは、きっと気のせいではない。

「更紗、苦しかったり痛かったら、我慢せずに言って。最初は快楽をうまく拾えないと思うけど、君にも気持ちよくなってもらいたいから」

「はい、はじめてでうまくできないと思うけど、私も椿さんに気持ちよくなってもらえるよう、がんばります……徐々に」

「ふふ、それは楽しみだけど、いずれね。僕は更紗が気持ちいいと思ってくれることがうれしい。セックスが嫌いになられたら困るからね」

チュッと額（ひたい）やこめかみに唇が押し付けられた。

触れ合うだけのキスが気持ちいい。身体の緊張が少しずつほぐれていく。

久遠寺さんの唇が耳に触れた。耳を舐（な）められただけで、ぞわりとした震えが背筋に走る。

「あ……耳、だめ」

「耳、弱いの？」

耳たぶをざらりとした舌で舐（な）められた。彼の声が、鼓膜を震わせる。しっとりとして色香を含んだ声を聴くだけで、奇妙な熱が身体の奥にたまっていく気がした。

首筋や肩の輪郭を手でなぞられた後に、その手が下がっていく。

耳への愛撫は首筋へと移動し、痕（あと）がつかない程度にチュッと首に口づけられる。

「ふ……、んっ」

「更紗、声は我慢しないで。たくさん聞かせて」

「アァッ……」

先ほどバスタブの中でたくさん弄られた胸を、柔らかく揉みしだかれる。自分の胸を男の人に揉まれている光景がひどく卑猥で、彼の顔を直視できない。

「恥ずかしそうに照れる顔もかわいい」

「ン……っ」

胸の頂をキュッと指でつままれた。人差し指と中指に挟まれて、指の側面でこすられる。

「食べごろでおいしそう」

果実ではないのに、久遠寺さんは私の胸をぺろりと舐め、先端に強く吸いつく。腰がビクンと跳ねて、口から甘やかな声が漏れた。

「ぁあ……、そんな強く吸っちゃ……ッ、ンンッ!」

カリッ、と甘噛みをされる。ジンジンした痛みに脳が痺れていく気がした。

敏感な実を舌先で転がされ、吸われる。触れられる箇所が気持ちよくて、神経が久遠寺さんに集中する。

ずくずくとした疼きが下腹に溜まり、子宮がキュウッと収縮した。

女は子宮で恋をすると聞いたことがある。その意味を深く考えたことはなく、ホルモンバランスが大事ってことかな? くらいにしか思わなかったけど、こうやって丁寧な愛撫をされてはじめてわかった。

多分本能が訴えてくるのだ。

この人に触られたい、つながりたいと。身体がその準備をしている。

衣服を身に着けていないため、下着が秘部に貼りつくことはない。けれど、なにも身に着けていなくてもわかる。彼以外に触れさせたことがないところが、はしたなく潤んで愛液を溢れさせていることを。

私、もっと触ってほしいと期待している――

自然と、太ももをこすり合わせていた。

その些細な行動を、久遠寺さんが見逃すはずがない。

「ああ、とろけているね。こんなに零して、もったいない……」

「ん……、ヤッ、まって……、アアッ！」

なにか温かなものが蜜を零すところに触れたと思った瞬間、じゅるりと音を立てて啜られた。いつの間にか、彼が私の両脚を立てて股に顔を埋めている。

舌で舐められたのだと気づき、羞恥心からさらに身体の熱が溜まる。

鼓動が速くて、汗も出る。それなのに子宮はさらに切なさを訴え続けている。

「ダメぇ……それ、やぁあ……っ」

「舐めてもどんどん溢れてくるよ。感じてくれているんだね、更紗」

「ンンッ……」

理性が働かない。とんでもなく卑猥で恥ずかしいことをされているのに、私の身体は確実に快楽を拾っていた。

聞こえてくる水音が淫靡で、それすら快楽を高める材料になる。

「ゆっくり挿入するから」

その宣言通り、久遠寺さんの指が一本つぷっと膣に侵入した。

少し違和感はあるけれど、痛みはない。

丁寧な愛撫をしてくれたおかげで、中は十分潤っている。膣が、柔らかく彼の指を締め付けていることを感じた。

その指は浅く深く挿入を繰り返し、カリカリと入り口をひっかく。ビリッと腰に電流が走る。

「ああ……っ」

「うん、これなら二本入るかな」

久遠寺さんが慎重に膣壁を広げていく。

二本目の指も難なく呑み込んだが、先ほどよりも異物感が増した。

バラバラと指を動かされ、中の壁をこすられる。ぞわぞわした震えが止まらなくて、断続的に声をあげた。

「あ、あっ、やぁ……」

「イヤ？」

「っ……」

イヤではない。首を左右に振って否定するが、未知の経験にどうしていいかわからないのだ。戸惑いが強くて、期待と恐怖も同じくらいある。

そんな私を宥めるように、久遠寺さんが優しく頭や頬を撫でた。

「怖くない、大丈夫。更紗の中はたっぷり潤っているから、たくさん感じている証拠だ。君を傷つけることはしないよ」

できるだけ痛みは与えないようにする――。そう言われて、はたと気づく。

私への愛撫に時間をかけて丁寧にするだけ、久遠寺さんは我慢をしているんだってことを。

凄絶な色香をまとう彼の表情は、目に毒なほど色っぽくって艶っぽい。そして、なにかに耐えていた。

バスローブを脱がないのも、私を怖がらせないためだろうか。

そう思うと、急速に愛しさが増した。彼に抱き着きたい。

ううん、早くひとつになりたい――

「つばき、さ……」

私の訴えが通じたのか、彼は指を三本に増やした。

幸いにも鋭い痛みを感じることなく、三本の指をくわえ込む。

指が中をこすりながら、親指で器用に私の花芽を刺激してくる。体内の熱が急激に高まった。強い電流がビリビリと走る。

「あ、あっ、やぁ……なんか、だめ……ッ、そこは……」

「少し刺激が強いかな。ああ、でもおいしそうに僕の指を呑み込んでいるよ。更紗はとても上手だ」

「……上手……？」

「うん、上手」

ぼんやりとする思考の中で、褒められたことを理解する。

昔から褒められることがうれしかった。周囲の期待に応えることで、私の自尊心は保たれていたのかもしれない。

うれしいが気持ちいいにつながり、愛液をさらに分泌する。

「これなら僕のも受け入れられそうだね」

彼がどこからともなく取り出した小さな四角い袋……。それが避妊具だと結びつくまで、数秒かかった。

指がちゅぽんと抜ける。

一瞬の寂しさを感じた直後、ばさりとなにかがベッドの上に落ちた。それは、彼がまとっていたバスローブ。

露になった均整の取れた美しい彼の肉体の中心には、雄々しく反り返った雄の象徴があった。避妊具が装着された後とはいえ、生々しくて猛々しい。

バスタブの中では意識して見ないようにしていたので、男性の性器をこんなに間近で見るのははじめてだ。期待と緊張がないまぜになり、コクリと唾を呑み込む。

小さく久遠寺さんが微笑むだけで、私の泉からこぽりと愛液が零れた気がした。

「更紗、力抜いて」

指とは違う熱い質量が、私の秘所に押し当てられた。

「あ……っ」

キュッと、手をシーツに縫い付けられたまま握られる。

硬い楔が隘路を押し広げていく感覚。

久遠寺さんは、私の反応を見ながら慎重に腰を進めていく。

「ん、くぅ……ッ」

感じたことのない圧迫感に、痛みより苦しさが勝る。

「ごめん、更紗……ここでやめてあげることはできない」

私の苦しげな顔を見てそう言ったのだろうが、私は緩慢な動作で首を左右に振った。

「ううん……、最後まで、続けて？」

ぎこちない笑顔だったと思う。

久遠寺さんは痛みをこらえるような表情をし、私の頬を撫でた。

前髪をどけて、額に触れるだけのキスをする。耳元で「ありがとう」と呟いた直後、彼の屹立が最奥に届いた。

「――ッ！」

広げられた場所がじんじんと痛い。内臓を押し上げられる感覚が苦しい。

けれど隙間なく埋められたところから、久遠寺さんの熱が伝わってくる気がして、呼吸が落ち着いてくると自然と涙が零れた。

「痛い？　ごめんね、落ち着くまでじっとしてるから」

「ちが……、なんか、うれしくて……。なんだろう、よくわからないけど、椿さんが中にいてうれしい」

「更紗……、そんなこと言われたら止められない」

そのまま、唇にキスをされる。これ以上なく相手と密着できて、身体は辛くても胸の奥には不思議な充足感が広がっていた。

「椿さん、好き……」

唇が離れた直後、至近距離で気持ちを伝える。恥ずかしくて照れ臭いけど、大事な言葉を。

「もう、かわいすぎて困る——。今夜は寝かせられないから、覚悟して」

ドクンと彼の欲望が大きくなった気がした。じんじんとした痛みが消えて、馴染んできたと思った直後に再び存在感が増したから、多分間違いない。

「え、え？」

戸惑う私に、久遠寺さんは実にいい笑顔を見せた。

凄絶な色香をまき散らし、お預けを食らい続けて限界が来たような肉食獣の笑みを。

「ア、ああ……ッ！」

律動が開始される。十分すぎる愛液が潤滑油となり、滑りは問題なさそう。けど、じゅぷじゅぷ聞こえる水音に、耳を犯されている気分になる。恥ずかしくて耳を塞ぎたい。

「更紗……サラ」

「っ！　アア、ンッ……！」

艶めいた声でかつての名前を呼ばれ、自分でもわからないけど、中を締め付けてしまった。強く収縮する膣が、異物の形を記憶しようとしているみたいだ。

胸の頂をキュッとつまれ、強弱をつけて揉まれるだけで奇妙な快感がせりあがってくる。溜まり溜まった熱が、出口を求めて彷徨い、身体中を巡っているようだ。

「もっとかわいく啼いて。僕にだけその声を聞かせて」

「はァ、……つば、き……さ、……ァ、め、そこ刺激しちゃ、ああ」

淫靡な水音を立てる結合部に、久遠寺さんが触れる。

腰骨を強く押し付けられ、最奥をコツコツとノックされた。その動きに合わせて、私の花芽をグリッと刺激してくるものだからたまったものじゃない。

「ヤ、ダメ、……アアン……ひゃあッ、ああ……っ」

「さあ、その熱を解放するんだ」

「――ッ！」

解放感――いや、絶頂というものを味わわされた。

階を駆けあがり、真っ白い世界に落とされたかのよう。そしてどっと襲い来る疲労感が心地いい。

一拍遅れて、久遠寺さんも欲望を解放させた。

「クッ……」

ぶるりと震える感覚が伝わってくる。

男性が達する瞬間の表情をはじめて見た。凄絶に色っぽくって、久遠寺さんの新たな顔に惚れてしまう。

「っ……、大丈夫？」

それでいて、気遣うことを忘れない。そんな彼に、私は頷き返した。

「それはよかった」

中に入っていた屹立がずるりと抜かれた。みっちり埋まっていたものが消えてしまい、寂しい、と感情が訴えてくる。

でも正直身体は眠りを求めていて、とろとろと瞼が重くなってきたのだが……

「次はもっとイかせてあげる」

「……え？」

目の前の御仁が不穏な台詞を紡ぎ、その口にはまたどこから取り出したのかわからない、避妊具のパッケージが。

「ま、待って椿さん、また……？」

「僕はまだまだ足りない。それに煽ってきたのは、更紗だよ？」

――責任、とってね。

「ひっ、責任……！」

色気ダダ洩れの声に耳元で囁かれたら、抵抗なんてできるはずもなく。手早く新たな避妊具を装着した彼にのしかかられた。

「あ、椿さ……まって」

「ダメ、待てない」

「アア……ッ！」

ふたたび正常位で挿入される。奥まで貫（つらぬ）かれ、ふたたび久遠寺さんに埋め尽くされた。

「痛い？」

気遣いは忘れないのがうれしいが、痛みよりも体力の方が自信ない。全力疾走した後のような疲労感に、身体がついていけるのか……

「今度はもっと、更紗が快楽を拾えるようにしてあげる」

「え？　そんな、だいじょ……っ」

最後の言葉を言うことなく、身体がぐいっと起こされた。

つながったまま引っ張り上げられ、久遠寺さんの上に座って向かい合わせで抱き合う形になる。

「あああ――ッ」

「ん……、こうすると、お互いもっと感じられるね？」

自重（じじゅう）でより深くくわえ込んでしまい、先ほどとは違ったところに彼の雄を感じる。

膣内の収縮が止まらない。ぞくぞくした震えも、脳を麻痺させる電流も感じっぱなしだ。

彼が私の腰からお尻を柔らかく揉（も）みしだき、ぐいぐいと引き寄せるので、自然と彼の胸板と自分の胸がこすれ合う。

赤く熟れている胸の実が、久遠寺さんの硬い胸板にすれる感覚も、気持ちが良すぎて変になりそう。

「あ、ダメ……」

「ダメじゃないよ、気持ちいい、でしょう？」

「んん……」

首を上に向けると、キスが降ってきた。

上も下も、彼でいっぱいだ。久遠寺さんの舌が私の口内を容赦なく攻める。

ゆるゆると腰が揺れた。それは無意識なものだったが、催促されていると思ったらしい。彼の口角がゆっくりと持ち上がった。優美な獣に餌を与えてしまった気分になる。

「時間はたっぷりあるから、更紗が満足するまで付き合うよ」

「え、ちが……私はもう、お腹いっぱい——」

ズンッ！　と下から突き上げられ、胸がふるんと上下に揺れた。その様子が気に入ったのか、久遠寺さんが私の腰を上下に揺すりながら、片手で胸を優しくいじる。

「どこもかしこも、更紗は本当においしそう」

「……っ、たべものじゃ、ないわ……んんっ」

キュッと胸の頂を刺激され、同時に彼の屹立を奥で感じ、私の意識は彼方に飛んでいく。

もうダメ……いろいろとキャパオーバーだ。

ギュッと抱きしめられたまま、久遠寺さんが欲望を膜越しに解放したのを感じ、私は意識を手放した。

そうしてその夜、私は第二ラウンドもおいしくいただかれてしまったのだった。


夜が明けて、目覚めた私は温もりに抱きしめられていた。

素肌が触れ合う気持ちよさをはじめて知った。好きな人と迎えた初体験は、戸惑うことが多く羞恥(しゅうち)プレイとしか思えなかったけれど、でも相手への愛しさはより増している。

「ありがとう、椿さん……」

「それは僕の台詞(せりふ)だよ」

寝ていると思っていた相手は起きていた。どうやら私が起きた頃には、目覚めていたらしい。

「身体、辛くない？　無理させてしまったから」

「多分、大丈夫かと……」

まだベッドに寝ているから実際はわからない。でも脚の間に違和感が残っていることはわかる。

「よかった、でも無理はしないで、今日はゆっくり過ごそう」

「いや、そういうわけにも……ん？」

久遠寺さんの腕から抜け出し、身体を離したと同時にきらりと光るものが視界に映った。

それは左手の薬指にはめられていて――

クラシカルなデザインながら、それが逆にオシャレで年齢層問わず使えるダイヤモンドの指輪。しかしその石の大きさが、普通じゃない。

「ええ、えええ⁉」

「サプライズは成功した？」

驚きすぎて絶句する私の左手を、久遠寺さんがとる。

「普段使いするには少々不便だろうから、今日は日常的にはめられる指輪を見に行こうね」

「え、でも私仕事が……」

「昨日のうちに許可をもらってるよ。有給が溜まっているから、使ってほしいとも」

若竹さん……聞いてないよ！

ありがたいやらお節介やら。でもうれしいので、あとで連絡しなければ。

それより、自分の指にぴったりはまるこの指輪が信じられない。

どうやってサイズを調べたのだろう。まあ、私が気づいていないだけで、いくらでも機会はあったのかもしれないが。

普段使いできるやつはお手頃価格なものにお願いします。でないと怖くて使えない。

久遠寺さんは、寝起きには刺激が強い笑みを浮かべた。

「君が一番安らげる場所が僕の隣であってほしい」

「……っ！　もう、とっくにそうなってますよ」

見つめあいながらくすりと笑った。

少し前まではこんな未来を想像したこともなかったけれど、これが私のハッピーエンドであり、新たなスタートだ。

これからも私の人生はたくさん出会い（ドラマ）で満ちていることだろう。

幸せの一歩

「どうしよう、緊張してきた……」

不安気な顔を見せる更紗に、椿は優しく声をかける。

「大丈夫だよ、君が考えるより気難しい人たちではないから」

「でも、留守の間に屋敷に勝手に住み着いて、あげく大事な息子さんをたぶらかしたなんて思われても、否定できな……」

「残念ながら、君にたぶらかされた記憶はないな。そうしてもらえたら大歓迎だったのにね」

少し前の出来事に想いを馳せながら己の本音をぶつけるが、自分のことでいっぱいな彼女の耳には届いていないようだ。

更紗は、そわそわと久遠寺邸にある椿の私室を歩き回っている。

今日、椿の両親、すなわち久遠寺夫妻が数ヶ月ぶりに帰国する。

当主の不在中に息子が婚約し、しかも屋敷に自分の部屋まで用意していると知れば、なにを勝手なことを！　と不興を買うのではないかと更紗は恐れているらしい。

実際はまったくそんな心配はないのだが、考えすぎだと言ったところで彼女は信じようとしない。それどころか、どんな女性が理想の娘像かと、ネットで検索をし始めた。どうやら恋人の親に好かれる女性を演じるつもりらしい。椿は更紗のスマホを取り上げた。

「ああ、ひどい……！」

「あのね、更紗。君は君のままで十分魅力的だ。いつもの自信はどこに行ったのかな」

「だって……、椿さんのご両親だから、嫌われたくないもの」

「……僕が選んだ人なんだから、両親は歓迎してくれるよ」

困ったように呟いた言葉がかわいすぎて、椿の返事が遅れた。

――そんな風に潤んだ瞳で見上げるなんて、両親の出迎えは後にして、二人きりになりたい。

しかし欲望ダダ漏れな本音を綺麗な笑顔で隠し、椿は更紗が落ち着くように優しく頭を撫でた。キュッと抱きしめると、強張っていた彼女の身体から力が抜けるのがわかる。

役に入っていない素の更紗は、とても控えめだ。そして妙なところで自信をなくす。

誰しも恋人の親との面会というのは緊張するものだろうが、様々な役を演じてきた彼女がここまで緊張するというのは意外だった。

それが嫌われたくないという気持ちからだと思うと、案外うれしい。

「椿様、更紗様、そろそろお車が到着するとのことです」

「わかった。ありがとう、竜胆」

屋敷の玄関前まで更紗をエスコートし、出迎えの準備をする。

桜を演じていたつい数週間前までここに住んでおり、今では椿の部屋の隣に更紗専用の部屋がある。

久遠寺夫妻の了承は得ているのだが、屋敷の当主に挨拶もなくテリトリーを荒らしているという気持ちが消えないらしい。隣で、台詞を反芻するように、なにかを繰り返し呟いている。彼女の脳内には、台本が存在しているらしい。

しかし、玄関前に到着すると、更紗の顔つきが変わった。

先ほどまで挙動不審で潤んでいた瞳には、今は凛とした光が宿っている。

背筋を伸ばし、前を見据えてキュッと口角を上げる姿に、椿はおっとり笑った。

——本当度胸がある。一瞬で自分を切り替えられるのはさすがだ。なかなかできるものじゃない。

ほどなくして、玄関扉がゆっくりと開いた。家令の久世の声が響く。

「お帰りなさいませ、旦那様、奥様」

「ああ、ただいま。久しぶりの我が家だな」

「不在中ご苦労だったわね、久世。なにか変わったことはない？」

「私から申すことは特にございません。椿様からお話しになられるかと」

広い玄関ホールに自分の息子がいることに、ようやく両親は気づいたらしい。

椿は更紗を伴い、二人へ近づく。

「お帰りなさい、元気そうでよかった」

「はいはい、ただいま」

息子である自分への挨拶もそこそこに、両親は早く隣にいる女性を紹介しろと目配せしてくる。空気を読むことに長けている更紗は、椿が紹介するまで黙ってにっこりと微笑んでいた。

「紹介するよ。彼女は花染更紗さん。僕たちの依頼を引き受けて桜を演じてくれた人で、そして僕の大切な女性」

「はじめまして、花染更紗と申します」

更紗は綺麗な礼で両親へ挨拶をした。そんな彼女を見て、二人の口もとが僅かにほころんだことに椿は気づいた。

礼儀正しくしっかりした女性という印象を与えられたようだ。

彼らにはすでに更紗の人となりも伝えてあるし、久世の報告も受けているだろう。

よっぽどの問題がない限り、二人が自分たちの結婚に異を唱えることはないはずだ。

「話は息子から伺っているわ。立ち話もなんですし、中へ移動しましょう」

久世が応接間の扉を開けた。両親が入り、椿と更紗が続く。

向かい合わせのソファに座ると、久世がお茶の準備をしてくると退室した。四人のみとなった室内に沈黙が落ちる。

ソファに深く座り貫禄のある父と、コロコロ笑う社交的な母。その二人が静かに更紗を観察している。

聞きたいことがありすぎて、どこから入るべきか探っているのだろう。見つめられている本人は、笑顔のまま動揺している。

椿はあらためて両親を更紗に紹介し、世界旅行のクルージングに話を振った。

「三ヶ月ほど、クルージングで世界各国を巡っていたのよ。近くまで行ったついでに、キュラソー島にも寄ってね」

「キュラソー島……、桜お嬢様にお会いになったんですか？」

更紗には二人が妹のところに行ったことを知らせていなかった。勘当を言い渡した妹に会いに行ったことに驚いているようだが、同時に、両親の言葉に安堵したようだ。

そんなところにも彼女の優しさを感じる。

身重の桜を、彼女なりに案じていたのだろう。

「ええ、そうなのよ。途中までこの人が意地を張って行かないと言っていたのを、なんとか言い聞かせてね」

「これ、余計なことを言うものではない」

「余計なことではないでしょう。もとはと言えば、あなたが桜を勘当だとか言うからややこしいことになって、結果更紗さんに迷惑をかけたんじゃない」

「いえ、私は迷惑とは……」

「だがそのおかげで、二人が知り合うことになったんじゃないか。なあ、椿」

「結果的にはね。桜のことはまだいろいろ対処しなければいけないけど、まあそれは追って。それで、二人は僕たちの結婚認めてくれるよね？」

会話の流れに乗って、さらりと結婚の許しをもらいに挑む。珍しく紅茶を砂糖入りにした更紗の、紅茶をかきまぜる手が止まった。

「もちろん、お前が選んだ相手だ」

「更紗さんさえよければ、お嫁にきてほしいわ」

更紗は座ったまま姿勢を正し、「ありがとうございます。よろしくお願いいたします」と頭を下げた。

ここで揉めたらどうしようかと思っていたので、結婚へ前向きになってくれてホッとする。

更紗の今後の仕事や環境の変化など、考えなければいけないことはあるが、それはゆっくり二人で話し合えばいい。

「そうそう、桜の動画を撮ってきたのよ。これから直接話す機会も増えると思うけど、まずは更紗さんへお詫びとお祝いが言いたいと」

「え、私にですか？」

久世が、母にスマホを渡した。

スワロフスキーのストーンがちりばめられたスマホケースを握り、動画を探しているらしい。すぐに目当てのものが見つかったらしく、母が更紗にスマホを渡す。

「お借りします」

再生した動画には、桜が映っていた。

前回ネット回線を通じて話したときより、少し頬がふっくらしている。血色がよく、元気そうなのはなによりだ。

『サラサさん、はじめまして、さくらです。このたびは、ご迷惑をおかけしました。いろいろ無理難題をふっかけられて大変だったと思います。ごめんなさい。でも未来のお姉様が私を演じてくれたなんて、なんかうれしいです。私がきっかけで、お兄ちゃんと出会えて、もしかして私って恋のキューピッド？』

映像の中の桜はくすくす笑っている。自分が演じていたお嬢様キャラクターとは随分違っていることに、更紗は内心驚いただろう。妹の独特な喋り口調や雰囲気は、写真だけでは伝わらない。

『私は今、尊敬できる人と夫婦になれて、赤ちゃんもできてとっても幸せです。サラサさんも、お兄ちゃんに幸せにしてもらってください。兄をよろしくお願いします。いつかこっちにも遊びに来てネ！　待ってまーす』

短い動画だが、妹の裏表のない性格がよく表れていた。更紗の表情もほころんでいる。

「わざわざありがとうございました。あの、私からお返事してもいいですか？」

「ええ、もちろんよ。桜へ動画を撮るのかしら」

「よろしければ、ぜひ。今のお礼を伝えたいと思いまして」

動画を撮るのは椿がやることになった。スマホの扱いに不慣れな両親よりも、ぶれずに撮れるだろう。

立ち上がり、彼女の正面に回る。一度深呼吸をした更紗が、まっすぐにカメラを見つめたのを確認し、椿は録画をはじめた。

「桜さん、はじめまして、花染更紗です。素敵なメッセージありがとうございました。このたび桜お嬢様を演じることができて、とても楽しかったです。一ヶ月間、こちらのお屋敷のお世話になりながら、椿さんの妹として過ごした時間は忘れられない思い出です。桜さんはお兄さんに幸せにしてもらってと言っていましたが、私も椿さんを幸せにできるよう努力します。二人の幸せを二人で見つけて、お互いを支え合える関係が私の理想です。近い未来、桜さんとお会いできる日を楽しみにしています」

幸せにしてもらうだけではなく、自分も相手を幸せにしたいと言った更紗の言葉。お互いを支え合えるような関係を築きたいという気持ちが、椿の胸にじんと響く。そして、アナウンサーのような滑舌の良さと、聞き取りやすさを意識したメッセージ。言葉を選んでわかりやすく話しているのが伝わった。きっと先ほどの動画で、桜が少し日本語に不慣れだと思ったのだろう。そういった気遣いができることも、更紗のいいところだ。

「僕から桜へ送っておくよ」

「ありがとう、お願いします」

そのやり取りを、両親が微笑ましく見つめていた。

その日の夜。帰国したばかりだというのに、両親は招待を受けているといってパーティーに出かけてしまった。椿は更紗と二人、ゆっくりと過ごすことにする。

夕食を食べ終えて、自室でまったりと彼女を労わろうと思ったのに——ようやく二人きりになれて、抑えていた欲望が溢れ出てしまった。

「あ、椿さ……んっ」

「耳、敏感だよね。もう蕩けた顔をしている」

「ンン……ッ」

ふるりと小さく肩を震わせる更紗がかわいくて、抱きしめているだけじゃ足りなくなる。

ソファに腰掛けた自分の上にまたがらせて、抱きしめる腕に力をこめた。

「ねぇ、更紗。僕にキスして？」

真っ赤な顔で戸惑う彼女が、自分からキスをするよう誘導する。

困った顔もかわいいと思えてしまうんだから、重症だ。もっと困らせたくなる。自分にだけ見せる表情を独占したくてたまらない。

「目、閉じて……？」

彼女の小さな手が、自分の頬を包みこむ。そっと重ねるだけの口づけが落とされた。

柔らかな唇の感触。触れるだけで甘い酩酊(めいてい)感を覚える。もっと、と要求するように薄く唇を開けると、察しのいい彼女はその隙間に舌を差し込んできた。

「ン……」

たどたどしい舌使いなのに、興奮が冷めない。

積極的に舌を絡めてくる彼女が愛おしい。

なんでもそつなくこなすイメージなのに、こういう初心(うぶ)なところも、かわいすぎてたまらない。

「上手だよ、更紗……」

褒められるとうれしそうに微笑んで、キスを再開してくるところも勉強熱心というか真面目というか。

こちらにとってはその積極性は喜ばしい。

更紗が熱心に椿の官能を高めようと口づけている間、椿の不埒な手は更紗の背中にあるファスナーを下げていた。

この屋敷にいる間、彼女はワンピース姿でいることが多い。清楚に見えるし、更紗に似合ってもいる。それにファスナーひとつで脱ぎ着ができるなんて、なんともありがたい服装だ。

腰までファスナーを下ろし、むき出しの背中をそっと撫でる。パチンと下着の留め具を外し、滑らかな肌をまさぐった。

「あ、ん……ッ、椿さん」

「うん、続けて？」

彼女のキスを受けながら、服を脱がし続ける。膝丈のワンピースの裾をたくし上げて、ショーツの上に指を這わせた。

「ふぁッ、ダメ……」

「キスだけで感じた？　更紗のここ、少し触っただけでいやらしい音がする」

「ヤ……ッ、そんな」

ショーツのクロッチをずらし、隙間から指を挿入する。

くちゅり、と粘着質な水音が響いた。そのまま指が一本入り、なんなく二本目も入るだろうと推測する。

「あ、ダメ、椿さ……」

「なんでダメなの？　更紗の身体は悦んでいるよ」

更紗は椿の肩に手を置いて、快感に耐えている。

その我慢している表情が、椿にぞくりとした震えをもたらした。

下半身の熱はとっくに解放を望んでいて、今すぐにでも彼女とひとつになりたいと訴えている。

――自覚のない色気は、僕の前だけにさせないと。

ショーツの中にひそめていた指を抜き、椿は更紗のワンピースを頭から抜き去った。

小さな悲鳴が上がるが、構わずかろうじてひっかかっているブラジャーも外す。

更紗が身につけているのは、薄手のガーターストッキングとショーツのみになった。

穿いたままでも横にずらしたら挿入できそうだ。

彼女がどこまで自分を受け入れてくれるのか、試してみたい――

まったく、厄介な性癖に目覚めた気分だ。

向上心があり努力家の更紗が、どこまでこちらの要求に添おうとするか見てみたくなった。恥ずかしがる程度なら説き伏せるが、本気で嫌がることはしない。

「僕のベルトを外して、チャックを開けて」

「……っ」

熱で潤んでいる更紗の瞳が揺れた。真っ赤な顔で戸惑っている。

こくり、と唾を呑み込んだ動作すら色っぽい。薄く開いた唇から漏れる吐息も、すべて己の口で塞いで奪いたくなってしまう。

カチャカチャと鳴るベルトの音が、興奮材料のひとつになった。拙い手つきでベルトを外そうとする更紗の後頭部を、優しく撫でる。

ためらいがちに彼女がチャックを下ろす。突っかかりがあったものの、なんとか下まで下りたことで、窮屈感から多少解放される。

――このまま自分で挿入するように命じたら、更紗は泣いてしまうかな？

恥ずかしさからできないと言いそうではあるが、拒絶はしない気がする。彼女は妙なところで度胸がある。

椿は更紗の小さな手を取り、己の欲望へ誘導した。椿のものが、彼女に触れられただけでピクンと反応する。

「あ……っ」

「触ってくれる？」

そう言いながら、更紗のむき出しの胸に触れて、ツンとした胸の頂をキュッとつまむ。

小さな喘ぎを漏らしたと同時に、更紗がこくんと頷いた。

形のいい胸を柔らかく揉みしだき、チュウッとその先端に吸いつく。コロコロと飴玉を舐めるように舌先で転がすと、更紗の吐息に甘さがまじった。

「ふ、……ァ……っ」

顔を離して、更紗を高めるように肌に触れていく。

更紗は椿に片手で胸を弄られながら、おずおずと彼の下着をずらした。飛び出てきたものに一瞬怯んだが、脈打つそれに片手で触れる。

「熱くて太い……」

キュッと握られていると認識するだけで、椿の欲望がドクンと反応した。

別の生き物を見ているような彼女の反応が実に愛らしい。

「これが君のここに入るんだ」

先ほどしたのと同じく、ショーツのクロッチをずらして指を挿入する。

泥濘に、つぷりと二本の指が埋まっていく。

愛液を零すそこは、椿の指を難なく受け入れていた。

「あ、んん……ッ」

「聞こえる？　更紗が僕をほしがる場所が、もうこんなにぐちゃぐちゃだ」

「やぁ、はずかし……」

くちゅくちゅ響く音が自分の分泌液だと認識させると、膣壁がキュウッと収縮し、中に入った指を締め付けた。

羞恥心を煽ると、更紗は敏感に反応する。

かわいくて、ずっと腕の中に閉じ込めてしまいたい。そしてもっと恥ずかしい姿を自分にだけ見せてほしい。

握られているだけの欲望が、まだかと訴えてくる。理性が薄れているであろう彼女に、椿はゆっくりと命じた。

「もっと、指より太くて硬い、熱いものがほしいでしょう？　指だけでは物足りないなら、更紗がこれを、入れるんだ」

「どうやって……？」

幼子のような質問に、椿は更紗の空いている手を握り、己の指が埋まっているところに触れさせる。そして、横にずらしたショーツを指で引っかけるように言った。

「膝立ちになって、このまま腰を下ろしてごらん。不安定にならないように、身体は支えてあげる」

秘所から指を抜く。椿の指は、更紗の愛液でふやけていた。

とろとろに蕩けている更紗の蜜壺は、さらなる質量を求めている。

熱い息をはきながら、更紗が言われた通りにゆっくりと腰を落としていく。片手でショーツのクロッチをずらし、もう片方の手で椿の欲望を持って——

その姿は艶めかしく、凄絶に色っぽい。

椿の笑みが深まった。

己の手で淫らに染まっていく初心な彼女。

実にいい——と、椿が新しい性癖の扉を完全に開いたところで、屹立が更紗の秘所をつるりと撫でた。

「あ……」

二度、三度と往復し、先端がようやく目的の場所へ引っかかる。くぷん、と一番太いところが彼女の温かな中に受け入れられる。

「ンンッ……」

綺麗に整った眉を寄せて、苦悩めいた声を漏らしながらゆっくりと腰を下ろしていく更紗。妖しいほどの色香をまとっていることを、恐らく本人は気づいていない。

——避妊具の有無にも気づいていないだろうな。

許可なく中で出すことはしないが、今このときは、なんの隔たりもなく更紗を直に味わいたかった。

――彼女との子供はいずれほしいけど、でもそれはまだ今じゃない。

更紗の生理周期を把握しているため、安全日だというのもわかっている。けれど更紗はきっと、椿が自分の周期まで知っていることに気づいていない。

もし彼女との子供ができたら、自分でも想像ができないほどかわいがるだろう。

「はァ、アア……」

「よくできたね、更紗」

うまく最後まで呑み込めた。

恥骨がぴったりと触れ合う。

普段よりも深く呑み込んでいることで、更紗の快感はいつも以上に高まっているらしい。椿が更紗の腰に触れただけで、彼女は悩ましい嬌声をあげた。

「ぁあ……ンッ」

「奥まで入って、苦しい？」

彼女の薄い下腹をそっと撫でる。

そこに隆起した己のものの存在を確かに感じた。軽くそれを押してみると、更紗がぎゅうっとしがみついてくる。

「ヤァ、……感じすぎちゃ……っ」

「ああ、感じすぎちゃうと苦しいもんね。じゃあこっちを触ってあげる」

柔らかい臀部の双丘を揉みしだき、片手で更紗の胸を弄る。ぷっくり膨れている赤い実をキュッと刺激すると、膣の締まりがより一層強くなった。

「――っ」

けれど、突然の締め付けに反撃を食らった気分なのは椿のほうだった。

まだ動いてもいないのに、射精感が一気に高まる。

じんわりと椿の額に汗が浮かぶ。深く息を吐いて、高まった射精感をなんとかやり過ごした。

「更紗、気持ちいいところにあたるよう自分で動いてみて？」

「気持ちいいところ……」

ゆっくりと、拙い動きで腰が上下に揺れる。

椿の肩に手を置き、慎重に律動を開始した更紗をうっとりと見つめた。

胸が揺れるのも、己のものに夢中になっていく様を見ていくのも、存分に楽しい。少しずついいところを見つけ、快楽を得ていくのもわかった。

「あ、はあ、んう……アア……ッ」

「僕のは、そんなに夢中になるほどおいしい？」

「おいしい……きもち、いい……」

「そう……よかった。それなら僕もお手伝いをしてあげる」

ひとりで快楽を貪る姿を眺めるのが好きだと思った直後、やはりそれはつまらないと思い直したのだ。彼女はもっと椿の手を頼るべきだし、なにより自分が更紗を気持ちよくさせたい。

「アッ——！」

つながったまま更紗をソファに押し倒す。

僅かに見開かれた更紗の瞳に、椿は自分だけが映っていることを確認する。

「もっと気持ちよくなろうね」

ズン、と最奥を穿つ。

「アアア——ッ！　奥、ダメ……ぇ」

更紗から悲鳴じみた嬌声が上がった。

「どうして？」

律動する腰を止めることなく質問を投げる。

感じているせいか、更紗は断続的にしか声をあげられない。けれど律儀にも、その合間に質問に答えようとする。

「あ……っ、きもち、いいの……ンッ、ダメ、奥はぁ……ッ」

「気持ちよすぎるからダメなの？」

こくんと頷く更紗がかわいすぎて、このまま中で吐精してしまおうかと考えてしまう。

更紗との子供なら絶対にかわいい。彼女が産んでくれたなら、間違いなく惜しみない愛情を注げるだろう。

「更紗、僕の子供を産んでくれる？」

今聞くのはずるい。

そう思っていても、聞かずにはいられなかった。

――いい人ぶったって仕方ない、僕は最初からずるい男だ。

使えるものは使い、ほしいものは手に入れる。

わりと早い段階で更紗に惚れたが、実際明確な独占欲が生まれたのは、学生時代の友人と見合いをさせた頃だ。他の男と歩く姿に、苛立ちがわいた。

彼女には、椿を選んでよかったと思ってほしい。そう思うのは本心なのに、自分を選んだことは彼女にとって不幸かもしれないとも思う。

何故なら、たとえ更紗が望んでも、もう手を放すことなどできないから――

「あか、ちゃん……？」

「そう、僕たち二人の赤ちゃん」

触れるだけの口づけを唇に落とし、更紗の問いに頷き返す。

きっと今の更紗は、意識がなかば飛んでいる。強すぎる快楽によって、ぼんやりとしたその思考では、理性より本能が勝っているだろう。

「うれしい……」

更紗が微笑んで頷き、椿の胸は詰まった。

「更紗……っ」

「あ、ンン——ッ！」

情熱的にキスを深め、下肢に埋めた熱杭をさらに奥へ押し進める。

安全日のため、今日妊娠する確率は低い。だが絶対というのは存在しない。

どちらでも構わない——更紗の許可が得られたのだから。

僅かな理性で我慢していたものが決壊し、律動を再開する。

卑猥な水音が響き、肉を打ち付ける音も己の欲望を高めていく。

蕩けた顔で必死についてくる更紗が愛おしい。零れる嬌声の合間に、彼女がはっきりと名を呼んだ。

「つばき……」

「くっ……！」

その瞬間、最奥で欲望が弾けた。

「——ッ！」

更紗の嬌声が口の中に消える。

たっぷりと注ぐ感触に、椿もぶるりと震えた。

互いに脱力した後も更紗の温もりから離れたくなくて、椿はしばらく動くことができなかった。

名前を呼ばれただけで限界を迎えるなど、自分は相当彼女に惚れている。

このままずっと密着していたい。

だが強すぎる快楽に耐えきれなかったのか、更紗は意識を失っていた。

「……今日は疲れていたのに、無理をさせてごめんね」

名残惜しく思いつつ、更紗の中から萎えた杭を抜いた。栓がなくなり、ぽっかりと開いた空洞からこぽりと己が放った残骸が零れてくる。

その光景にすら興奮を覚えてしまうのだから、一度覚えた欲というのは果てがない。

「身体を拭いて、ソファの汚れも綺麗にしなければ。まずは濡れタオルかな」

中途半端にしか脱いでいなかった自身の服を整えてから、椿はタオルで更紗の身体を拭う。

「ン……」

意識がないときですら、自分を煽ってくるのだから無意識というのは恐ろしい。

ベッドに移動させ、素肌の上から毛布をかぶせた。

無防備に眠る姿を見つめながら、椿は呟く。

「きっと僕は、君が思っているよりももっと前から、君のことが気になっていたんだ」

幼い頃の記憶など忘れていると思っていたが、心のどこかに忘れられない記憶として残っていたのかもしれない。

思えば自分は、更紗のファンだったのだろう。今後も、彼女を好きで尊敬しているという意味では、ファンであり続けたい。

「愛してるよ。これからももっと、いろんな君を僕に見せてね」

二人の未来が輝いたものであるようにと、椿は祈りをこめて更紗に口づけた。

書き下ろし番外編

婚約者は推し活(おしかつ)がしたい

久遠寺椿さんと婚約してから早一ヶ月が経過した。

婚約後も自宅と久遠寺邸を往復する生活を続けているけれど、日常的に特に大きな変化はない。というのも椿さんは私の仕事に理解があるので、「続けるのも辞めるのも更紗の好きにしていいよ」と言ってくれたのだ。まあ、その後できるだけ危ない依頼は受けないことと、男性と二人きりの依頼は避けてほしいことなどを追加していたが。

心配してくれているんだなと思うとまったく嫌な気持ちにならない。

基本的に長期に渡る依頼というのはないため（椿さんが例外）、よほど厄介な依頼ではない限り帰宅時間は遅くならないように調整している。守秘義務があるので依頼内容は明かせないけど、椿さんには定期的に私のスケジュールを伝えていた。

「明日の土曜日は夕方まで仕事だったね。夕飯は一緒に食べられそう？」

久遠寺邸で一緒に夕食後のデザートをいただいていた私は、スマホを取り出して予定を確認する。

「ええと、そうですね。夕方五時までの契約となっているので、夕ご飯の時間には問題ないかと」

「そう、じゃあ外へご飯を食べに行こうか。予約しておくよ。どこまで迎えに行けばいい？」

さりげなく仕事先の場所を聞かれたが、直接迎えに来られるのは少々困る。依頼人に見られるのは避けたい。

「……事務所に寄ってから帰宅するので、事務所まで来ていただけたらと。報告書の作成は週明けで大丈夫なので、それほどお待たせしないと思います。仕事が終わったら連絡しますね。楽しみにしてます」

椿さんが微笑みながらじっと見つめてくるので、私も同じく微笑み返す。なにを考えているのかわからないけど、ここで動揺したらやましいことがあるのではと勘繰られそう。

「うん、頑張ってね」

「ありがとうございます」

普通に応援してくれているだけなのに、なにか含みがある気がするのは女の勘というやつだろうか。もしくは椿さんのことをまだ深く知ることができていないからかもしれない。

明日は何事もなくあっさり仕事が完了しますように。
その晩ねちっこく何度も攻め立ててくる椿さんをなんとか宥めて、いつもより少し早めに就寝したのだった。

翌朝、竜胆さんに事務所まで送ってもらい、それまで着ていた服を着替えることにした。依頼人と会うときは、なるべく着替えたい。プライベートの服だと日常と仕事との切り替えが難しいというのと、うっかり依頼人と別の場所で出会いたくないという理由からだ。

夜用のデートのためのワンピースを脱いで、カジュアルなジーンズにフェミニンなトップスとカーディガンに着替えた。ウィッグをかぶっていつもと違うメイクをすれば、花染更紗とはまったく違う別人に変身完了だ。念のため頭にキャップもかぶっておく。

「いつも通り化粧詐欺だな～。さてさて、今日の依頼人は二十代と三十代の男性カップルと世界的に有名なキャラクターランドで遊ぶこと……確かに男性だけでは行きにくいかもね」

他人の視線なんて気にしなければいいと思うが、繊細な人だと思いっきり楽しめないかもしれない。そういうときに一人女性がいることで気が紛れるのであれば、私は邪魔にならない程度に依頼人が楽しめるサポートをするだけだ。

椿さんには、男性と二人きりの依頼は避けてほしいと言われていたけど、依頼人は二人いるし人目もあるので、椿さんを裏切ることにはならない。ただ、依頼内容を明かせないからお土産を買って帰れないことが残念だ。

「いつか椿さんとも一緒に行ければいいなぁ」

そんな気持ちを抱きながら電車を乗り継いで、待ち合わせ時刻前に目的地に到着した。

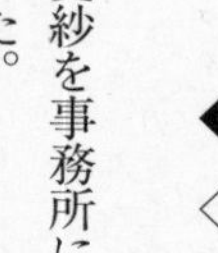

更紗を事務所に送り届けてからしばらくして、椿はふたたび竜胆が運転する車に乗っていた。

「大体の目的地がわかったよ。今日の更紗はどんな恰好に変身しているのかな」

「……椿様、さすがにＧＰＳを使って居場所を特定するというのはやりすぎではないでしょうか」

「うーん、これが初めてじゃないから今さらかな」

悪びれもせずしれっと返すと、運転席から小さな溜息が聞こえた。

更紗の仕事の邪魔をするつもりはないが、できる限り彼女の仕事内容を把握したい。

椿本人が確認できないときは、人を使ってこっそり更紗の活躍ぶりを録画させている。

「バレたら嫌われてしまうのでは？」

「彼女は僕と違って懐が深いからね。怒りはするかもしれないけど、呆れつつも受け入れてくれると思うよ。ファン心理ってことで」

椿は更紗のファンだ。できる限り彼女の演技を傍で見たいし、陰ながら応援したい。

「今風に言うと推し活ってやつかな？」

「ちょっと違うような気がしますね……」

仕事中の更紗の前に出ることはしない。彼女の邪魔をしたいわけではないからだ。

変装用のサングラスと帽子をかぶり、椿は密かに胸を高鳴らせていた。

ＧＰＳが示した場所は、椿が思っていた通りキャラクターランドだった。

まだ更紗とデートで訪れたこともないのに、このような形で一足先に疑似デートを味わう羽目になるとは。

「デートプランを練るための予習になりそうだね」

「まさか私までお供する羽目になるなんて思わなかったですよ」

「そう言いながらそのかぶり物はなにかな」

出かける前に執事服から私服に着替えさせてはいるが、頭に人気キャラクターのカチューシャをかぶった成人男性はなかなか目立つ。

「郷に入っては郷に従えですよ。これで私は常連客ですね」

「なるほど、じゃあ僕もキャラクターの帽子をかぶった方がいいかな」

「ええ、ぜひ」

通常であれば長身美形男性が二人で歩いているだけでも人目を引くが、かぶり物のおかげですぐに賑やかなパーク内に溶け込むことができた。

GPSを確認しながらおおよその場所を特定する。椿は更紗がどんな変装をしていても見破ることができる。なにせ彼女は椿の推しで婚約者だから。

「ああ、いた。あそこだね」

「この距離でよく気づかれましたね……今朝とは違うお洋服をお召しですのに」

「仕事前はいつも事務所で着替えるようだね。今日の恰好も可愛いし、よく似合っている。歩きやすいようにスニーカーに履き替えたのか。あの髪色もいいけど、やっぱりいつもの更紗が素敵だな」

「さりげなく惚気ますね。ところで椿様、パーク内で盗撮はおやめになった方が」

「写真撮影はしていないけど、このサングラスに録画機能があるからそっちで撮影してるよ。依頼人が不埒な行動をとらないとは限らないし、見守ってあげないと」

「そうですかね……私にはあの男性二人が友人以上の親密さのように感じますが」

確かに。それは椿も気づいていた。

「なるほど、今回はそういう依頼だったのか」

男性カップルが二人で来るにはハードルが高いと思ったのだろう。きっと付き合いははじめて間もないのかもしれない。

――僕の更紗はさすがだな。邪魔にならない絶妙な距離感で二人の仲を取り持っている。この感じなら、仲のいい三人の友人同士で遊びに来ているように見える。

「ところで椿様。我々も傍から見たらカップルに見えるかもしれませんね」

「どこからどう見たら僕たちが甘々カップルに見えるんだ？」

良からぬ噂が立たないように、椿は一歩竜胆から離れた。

◆
◇
◆

夕方五時になり、何事もなく依頼が完了した。私は一足早く帰るが、依頼人の二人はもう少し残って楽しむらしい。はじめは人目を気にしていた様子だったが、数時間も経過すればすっかり慣れたようだ。ちゃんと二人きりでもこの空間を満喫できるようで、私も一安心だ。

「さて、帰るか」

出口の方へ向かっていると、目の前から長身の男性が近づいてきた。人気キャラクターの帽子とサングラスをつけた男性だが、見慣れたシルエットにまさかという思いがよぎる。

「お疲れ様、もうお帰りかな」

そのまさかだった。椿さんだ。

「……やっぱり、来てたんですね！　どこからか視線を感じると思ってたら」

「うん、来ちゃった。迷惑にならないように隠れていたんだけど、鋭いね」

かわいく言うけど、やっていることは思い切りストーカー行為では？　と突っ込みたくなるのをこらえる。

今日の仕事は完了したし、依頼人とは別れているから、ここからプライベートの時間と言っても問題はないのだけど……変装中の姿で婚約者と会うのは少し恥ずかしい。

サングラスを外した椿さんは、悪びれもせず私の手を握ってきた。

「僕は君のファンだからね。どんな恰好で演技をしているのか陰ながら見守っていたい。もう帰っても大丈夫なら、その前にショップに寄ろうか。僕に内緒だったから自分用にはなにも買えなかったんだろう？」

「うう……」

誘惑に負けてキャラクターグッズとお菓子を購入する。一方、椿さんに巻き込まれて仕方なく来ているのかと思いきや、竜胆さんは私が引くくらいあれこれいろんなお土産を購入していた。意外にも、この場を一番満喫していたようだ。

「そうだ、お揃いのシャツでも買おうか」

「ええ……と、うれしいけどどこで着るんですか」

シャツを断念した椿さんは、期間限定のぬいぐるみを購入する。ペアで一体となったそれらを私たち各々の部屋に飾れるように。

「今度はゆっくり二人だけで来よう。ホテルも予約しておくよ」

「それは楽しみです。でも流されませんからね？　私を尾行していたことについては別ですよ。あとでじっくり話を聞きますから、ちゃんと説明してくださいね！」

にこにこ笑顔に騙されてはいけない。どうやって私を見つけたのかも白状してもらわなければ。ファン心理だと言うけれど、ドッキリが過ぎる。

帰りの車であれこれカミングアウトされて、逆に私がいたたまれない気持ちになったのは言うまでもない。

高校時代、優花(ゆうか)は留学先のニューヨークで、彼女に好意を寄せる実直な青年・大輝(ひろき)に恋心を抱くが、とある事情で一方的な別れを告げる。十年後、仕事で再びニューヨークを訪れた優花の前に現れたのは、契約先の副社長となった大輝だった。あどけないかつての面影は消え、どこか冷たい雰囲気をまとう彼が企画実現の条件として提示してきたのは“俺のものになれ”という強引な取引で――？

B6判　定価：704円（10%税込）　ISBN 978-4-434-28225-6

本書は、2018年7月当社より単行本として刊行されたものに、書き下ろしを加えて文庫化したものです。


この作品に対する皆様のご意見・ご感想をお待ちしております。

おハガキ・お手紙は以下の宛先にお送りください。

【宛先】

〒150-6008 東京都渋谷区恵比寿4-20-3 恵比寿ガーデンプレイスタワー 8F
(株) アルファポリス　書籍感想係

メールフォームでのご意見・ご感想は右のQRコードから、
あるいは以下のワードで検索をかけてください。

ご感想はこちらから

エタニティ文庫

クセモノ紳士(しんし)と偽物令嬢(にせものれいじょう)

月城(つきしろ)うさぎ

2021年11月15日初版発行

文庫編集－熊澤菜々子
編集長－倉持真理
発行者－梶本雄介
発行所－株式会社アルファポリス
〒150-6008 東京都渋谷区恵比寿4-20-3 恵比寿ガーデンプレイスタワー8F
TEL 03-6277-1601（営業） 03-6277-1602（編集）
URL https://www.alphapolis.co.jp/
発売元－株式会社星雲社（共同出版社・流通責任出版社）
〒112-0005 東京都文京区水道1-3-30
TEL 03-3868-3275
装丁イラスト－白崎小夜
装丁デザイン－AFTERGLOW
（レーベルフォーマットデザイン－ansyyqdesign）
印刷－中央精版印刷株式会社

価格はカバーに表示されてあります。

落丁乱丁の場合はアルファポリスまでご連絡ください。

送料は小社負担でお取り替えします。


ISBN978-4-434-29599-7 C0193